Was wiegt dein Leben?

~ ~ ~

„Bücher sind nur dickere Briefe an Freunde.“

*Jean Paul, * 1763, † 1825,
deutscher Dichter, Publizist und Pädagoge*

~ ~ ~

Ein blueprints Buch

*Herausgegeben, zusammengestellt und
sprachlich überarbeitet und formuliert von
Peter Bödeker und Michael Behn.*

Was wiegt dein Leben?
Geschichten, die unser Leben bereichern

Michael Behn, Peter Bödeker und Susanne Behn
Was wiegt dein Leben?
November 2017, 1. Auflage
Herrenberg/Adendorf
ISBN: 9783746013916
Copyright 2017 Peter Bödeker, Michael und Susanne Behn

Vielen Dank an Inge Blesinger für das Lektorieren des Buches.

Kontakt:
Michael Behn
Am Joachimsberg 46, 71083 Herrenberg
E-Mail: behn@behn-friends.de

Peter Bödeker
Kastanienallee 2d, 21365 Adendorf
post@boedeker.de
Internet: www.blueprints.de

Bibliografische Information der Deutschen Nationalbibliothek: Die Deutsche Nationalbibliothek verzeichnet diese Publikation in der Deutschen Nationalbibliografie; detaillierte bibliografische Daten sind im Internet über http://dnb.dnb.de abrufbar.
Herstellung und Verlag: BoD – Books on Demand, Norderstedt
ISBN: 9783746013916

Inhalt

Einleitung

Seit Jahrtausenden geben Völker ihr Wissen in Geschichten weiter. Ob der Indianer am Lagerfeuer, der Philosoph in der Wandelhalle an seine Schüler oder die Oma an ihre Enkel.

Die Geschichten in diesem Buch sind die beliebtesten der Leserinnen und Leser beim Online-Portal blueprints.de, dem Herausgeber der Guten-Morgen-Gazette.

Die Erzählungen handeln von Menschen und Tieren auf ihren persönlichen Lebenswegen mit all den möglichen Problemen, Gefahren, Geheimnissen und Erlebnissen. Sie stammen von Schriftstellern aus aller Welt und aus unterschiedlichen Zeiten.

Einige der Geschichten sind von uns erfunden oder auf Basis alter Geschichten neu formuliert worden. Andere Geschichten stammen aus der Feder begnadeter Autoren.

Geschichten können uns erinnern, motivieren, nachdenklich machen oder auf andere Art und Weise bewegen. Bei jeder Geschichte trifft die Idee des Autors auf die Vorerfahrungen, Ideen, Wünsche, Ziele, Sorgen und Ängste des Lesers. Was daraus entsteht kann somit sehr unterschiedlich sein.

Beim Lesen, Zuhören oder beim Besprechen der Geschichten wünschen wir viel Freude und hilfreiche Erkenntnisse.

Ihr blueprints Team
Peter Bödeker, Susanne und Michael Behn

1 Der Wandel

Eine Geschichte darüber, wie Unzufriedenheit in Zufriedenheit verwandelt werden kann.

„Hilfe! Wir werden noch wahnsinnig. Es muss etwas passieren." Antonio zog mit beiden Händen an seinen wuscheligen Haaren. Er lebte zusammen mit seiner Frau, den Schwiegereltern und seinen vier Kindern in einer 1-Zimmer-Wohnung in der Altstadt.

„Aber was bloß? Wir können uns keine größere Wohnung leisten." Maria, seine Frau, hob hilflos die Arme.

„Es ist die Hölle. Den ganzen Tag brüllt irgendwer, wir schreien uns an, ich habe mich heute schon dreimal mit deinem Vater gestritten." Antonio blickte stumpf auf den Küchentisch und fuhr mit den Fingern die Holzmaserungen nach. Die kleine Belana, gerade ein Jahr alt geworden, krabbelte zwischen seinen Beinen hindurch.

„Vielleicht weiß der Meister einen Rat?" Seine Frau zog fragend die Augenbrauen hoch.

Antonio wippte abwägend den Kopf hin und her. Wie sollte der weise Mann bei diesem Problem helfen können? Dann schlug er mit der Faust auf den Tisch, die kleine Belana fiel vor Schreck einfach um. „Ich werde gleich hingehen und ihn um Rat fragen. Schaden kann es ja nichts."

Beim Meister

Zu Antonios Überraschung meinte der Alte schon nach kurzer Überlegung, eine Lösung für das Problem zu kennen.

„Aber zunächst verspreche mir, genau das zu tun, was ich dir als Lösung vorschlage", forderte der Meister.

„Ich schwöre", entgegnete Antonio ohne nachzudenken. Konnte der Meister einen Weg weisen?

„Wie viele Haustiere habt ihr?", wollte der Meister wissen.

„Acht. Eine Kuh, ein Kamel und sechs Hühner."

„Schön. Hole alle Tiere sofort in eure Wohnung und lasse sie Tag und Nacht drinnen. In einer Woche sehen wir uns hier wieder."

Antonio öffnete vor Entsetzen den Mund. Aber er hatte geschworen, den Weisungen des Meisters nachzukommen. Wieder daheim angekommen trieb er also unter dem Gezeter und Genörgel seiner Schwiegermutter das Vieh in die enge Wohnung. Die Kinder grölten begeistert.

Nach einer Woche bot Antonio ein Bild des Jammers. Völlig erschöpft schleppte er sich zum Meister. Er hatte den festen Vorsatz, diesen um die Entlassung aus seinem Versprechen zu bitten.

„Meister", rief er schon beim Eintreten, „so geht es nicht weiter. In unserer Wohnung herrscht nicht auszuhaltender Lärm, alles ist verdreckt, es stinkt unerträglich. Meine Frau schläft nur noch auf dem Balkon. Das muss ein Ende haben."

„Geh und treibe die Tiere wieder aus der Wohnung", entgegnete der Meister. „In einer Woche kommst du erneut hierher."

Weitere sieben Tage später war Antonio nicht wiederzuerkennen. Lächelnd fragte der Meister: „Wie geht es dir und deiner Familie nun, lieber Antonio?"

„Ein Wunder ist geschehen, Meister. Seit die Tiere nicht mehr mit uns in der Wohnung leben, ist unser Heim ein Hort der Harmonie. Diese Ruhe, alles ist sauber, keiner schreit mehr herum. Sogar meine Schwiegermutter lächelt. Ich kann gar nicht mehr nachvollziehen, warum ich vor zwei Wochen wegen unserer Wohnung so verzweifelt war."

nacherzählt von Peter Bödeker

~~~

„Zufriedenheit ist der Stein der Weisen. Zufriedenheit wandelt in Gold, was immer sie berührt."

*Benjamin Franklin, * 1706, † 1790,*
amerikanischer Philosoph und Staatsmann

~~~

2 Die Geschichte vom Leben

Es war einmal alter, weiser Mann. Der beobachtete schon seit langem einen kleinen Jungen in der Nachbarschaft, der oft ganz alleine den Nachmittag verbrachte. Im Laufe der Zeit hatte er den Jungen in sein Herz geschlossen. Darum rief er ihn eines Tages zu sich. Der alte Mann wollte dem Jungen das schönste Spiel beibringen, das er in seinem ganzen langen Leben kennengelernt hatte.

Der alte Mann hatte es lange hinausgezögert, den Jungen anzusprechen. Denn das Spiel war nicht ungefährlich ...

Dennoch, dieses Spiel war das Risiko wert. Wer es beherrschte, würde immens profitieren. Darum stand sein Entschluss fest: Er würde den Jungen in dem Spiel unterrichten.

„Welches Spiel wirst du mir zeigen?", wollte der Junge wissen.

Der alte Mann zeigte dem Jungen glitzernde Kugeln aus buntem Glas und erklärte: „Sieh her! Ich werde dir jetzt eine dieser Glitzerkugeln nach der anderen zuwerfen. Jede hat eine andere Farbe und einen anderen Namen. Diese hier heißt FREUDE, jene LEID, diese hier NACHSICHT und dieses Prunkstück nennt sich LIEBE. Du sollst mir jede dieser Kugeln sofort wieder zurückwerfen."

Und das Spiel begann. Es war eine Pracht, dem Spiel zuzusehen. Zwischen dem alten Mann und dem Jungen flogen die Kugeln in den buntesten Farben glitzernd hin und her.

Aber dann wollte der Junge die Schönste von allen Kugeln festhalten. Er drückte sie entschieden an sich – ....

... und die Kugel zerbrach. Vor Schreck vergaß der Junge, die nächste Kugel zu fangen und dann lag auch diese in tausend Scherben am Boden. Er versuchte verzweifelt, wenigstens eine der Kugeln zu halten. Dabei wurde der Haufen an Scherben um ihn herum immer größer. Zugleich schnitten die Scherben in seine Hände, er blutete bald aus zahlreichen Wunden.

Beim Zusehen wurde dem weisen Mann das Herz schwer, denn er liebte ja den Jungen. Er ging zu dem Kind hinüber, bückte sich, hob alle Scherben auf und trug sie auf seine Seite. Dabei fügte er sich selbst viele Schnitte zu, doch die Kugeln fügten sich unter seinen Händen wieder zusammen. Merkwürdig: Jede neue Wunde in den Händen des Mannes heilte eine Wunde des Jungen.

Schließlich war der weise Mann so zerschnitten, dass das Spiel scheinbar unmöglich weitergehen konnte. Doch der weise Mann stand auf und hob an, die Kugeln von Neuem zu werfen.

Zuvor sagte er zum Jungen: „Der Sinn dieses Spieles lautet: GEBEN und NEHMEN im Wechsel. Nur im Flug glänzen die Kugeln so hell, wie sie es sollen! Zwischen GEBEN und NEHMEN schimmern die Farben der Kugeln – und das Spiel wird sehr gut. Wollen wir es noch einmal probieren?“

Diesmal hatte der Junge verstanden.

Als die FREUDE kam, als die NACHSICHT kam, als die LIEBE kam, als eine glänzende Kugel nach der anderen kam, warf er sie dem alten Mann wieder zu – und alle glänzten herrlich auf ihrer Flugbahn. Als die TRAURIGKEIT kam, machte er es genauso und siehe da: noch während des Fluges änderte sich die Farbe der TRAURIGKEIT in die Farbe der FREUDE.

Jede Aktivität des Jungen war jetzt auf den alten Mann ausgerichtet.

Und siehe, das Spiel zwischen dem alten Mann und dem Jungen war sehr gut.

Autor: unbekannt
Vielen Dank an Gabriele Juin für diesen Beitrag!

~ ~ ~

„Wo man nehmen will,
muss man geben."

Laotse,
chinesischer Philosoph,
der im 6. Jahrhundert v. Chr. gelebt haben soll

~ ~ ~

Die unsterbliche Miss Rose

Miss Rose ist eine Katze, die nicht sterben kann und seit 6.912 Jahren durch die Länder dieser Erde streift. Einige der hier gesammelten Geschichten stammen aus dem Erfahrungsschatz der alten Katzendame, den sie freundlicherweise dem blueprints Team zur Verfügung stellt.

Die weise Katzenoma kehrte immer da bei den Menschen ein, wo es ihr gefiel, wo sie etwas Interessantes erlebte oder etwas zu lernen erhoffte. Im Laufe der Jahrtausende hat sie dadurch einen Blick für die Verstrickungen der Menschen entwickelt, der ihr das Verwobene im Geschehen hinter den oberflächlichen Handlungen offenbart. In ihren Geschichten lässt sie uns an ihren Erkenntnissen teilhaben.

Miss Rose hat noch zwei weitere Namen, denn Katzen haben immer drei. Sie möchte jedoch unerkannt bleiben, von daher dürfen wir diese nicht verraten und nur ihren Schatten zeigen. Diese Geschichte handelt von ihrer Zeit in Düsseldorf.

3 Zeit oder Geld

Katze Miss Rose lebte einst bei einem Psychiater mit Namen Eric in Düsseldorf. Sie durfte bei ihm während der Patientensitzungen in einem Körbchen unter der Heizung liegen.

Eines Tages behandelte Eric einen Bankdirektor, der viele Tränen in seiner ersten Sitzung vergoss. In der zitternden Hand hielt er ein verblichenes Bild, auf dem er mit seinem Vater Hand in Hand in den Sonnenuntergang ging.

Seine Geschichte lautete wie folgt:

In einer kleinen Stadt im Ruhrgebiet wurde vor einigen Jahren ein prachtvoller Junge geboren. Der Vater arbeitete am Schalter in einer Bank, seine Mutter halbtags an der Rezeption des örtlichen Hotels.

Die Jugend des Jungen verlief voller Glück. Immer, wenn er von der Schule heimkam, wartete seine Mutter mit dem Essen auf ihn. Punkt 16 Uhr erschien sein Vater von der Arbeit. Der Rest des Tages war gemeinsamem Spielen und Musizieren oder Ausflügen von Mutter, Vater und Sohn gewidmet.

Jeden Abend dachte sich Papa eine neue Geschichte aus und erzählte sie dem Sohn kuschelnd im Bett. So ging es viele Jahre lang.

Die Familie lebte in einer wohlhabenden Gegend. Als der Junge in die Pubertät kam, wurde ihm bewusst, dass offenkundig alle Nachbarn und Mitschüler größere Häuser, weitläufigere Grundstücke und teurere Autos besaßen.

Sicher, auch seine Familie hatte alles zum Leben, sie machten sogar zweimal Urlaub im Jahr. Aber alles halt ein oder zwei Nummern kleiner als scheinbar alle anderen um sie herum.

Je länger er darüber nachdachte, umso deutlicher wurde ihm, dass Vater und Mutter wohl beruflich völlig versagt hatten. Die Eltern seiner Freunde hatten augenscheinlich wesentlich mehr aus ihrem Leben gemacht.

Ab diesem Zeitpunkt veränderte sich das Zusammenleben in der Familie. Der Junge verhielt sich immer abfälliger zu seinen Eltern, zweifelte alles an und verbrachte kaum noch Zeit bei sich zuhause.

Der Sohn versuchte fortan alles, seine vermeintlich ärmliche Herkunft vor seinen Freunden und Freundinnen zu verbergen. Seinen „Alten" gegenüber war er nur noch mürrisch und ablehnend. Wie hatten sie nur solche Loser werden können?

Nach einem heftigen Streit zog der Junge, kaum volljährig geworden, in eine eigene Wohnung. Er verließ das Elternhaus mit den Worten, dass er mit solchen Verlierern in seinem Leben nichts mehr zu tun haben wollte.

Der Junge lernte eifrig in einer Bank und studierte parallel Betriebswirtschaftslehre. Die Briefe seiner Eltern ignorierte er konsequent. Sie wurden mit der Zeit seltener und hörten schließlich ganz auf. Zwei Jahre nach seinem Studienbeginn starb seine Mutter.

Nach dem Studium kletterte der Sohn die Karriereleiter rasch höher und gründete eine eigene Familie. Nachdem seine Tochter geboren wurde, meldete sich sein Vater wieder öfter bei ihm und seiner Frau. Er wollte das Kind gerne einmal sehen.

Doch in dem Sohn gärte nach wie vor noch solch eine Abneigung gegen den väterlichen Versager, dass er dessen Besuch immer wieder nach hinten verschob. Irgendwann musste er nicht mehr schieben, denn als seine Tochter gerade zu krabbeln begann, erlag sein Vater einem Herzinfarkt.

Wie es der Zufall wollte, wurde just zu diesem Zeitpunkt die Stelle des Bankdirektors in seiner Geburtsstadt frei. Genau in der Bank, bei der auch sein Vater bis zur Rente gearbeitet hatte.

Kurz überlegte er, ob ihm das zum Nachteil gereichen könnte. Sein Vater nur Schalterangestellter, nun wollte der Sohn Direktor werden? Man wird sehen. Er würde es auf einen Versuch ankommen lassen und bewarb sich.

Der junge Mann erhielt eine Einladung zum Vorstellungsgespräch. Der Personalchef begrüßte ihn mit den Worten, dass nun wohl der Sohn das nachholen würde, was der Vater nicht gewollt hatte.

„Bitte, ich verstehe nicht ganz. Mein Vater war am Schalter beschäftigt."

„Richtig. Aber auch ihm wurde einst die Stelle des Direktors der Bank angetragen. Dann aber wurden Sie geboren und Ihr Vater lehnte ab. Statt Geld und Prestige wollte er lieber das Aufwachsen seines Sohnes begleiten. Das hat damals viel Eindruck in der Bank hinterlassen, besonders bei den Damen, wie Sie sich vorstellen können."
„Egal", der Personalchef winkte ab und wechselte das Thema, „Sie scheinen aus anderem Holz geschnitzt zu sein, kommen wir zu Ihren Zeugnissen. Die sind ja exzellent, vor allem ..." Doch der künftige Bankdirektor hörte schon gar nicht mehr zu.

(auf-)geschrieben von Peter Bödeker

~ ~ ~

„Reue kommt immer zu spät.“

Sprichwort

~ ~ ~

4 Das Gewicht deines Lebens

Ein junger Mann suchte einst einen alten Weisen auf.

„Großer Meister", begann er mit müder Stimme, „mein Leben liegt mir wie eine Last auf meinen Schultern. Mir ist, als würde ich bald unter diesem Gewicht zusammenbrechen."

„Mein Sohn", antwortete der Weise zart, „das Leben ist leicht wie eine Feder."

„Meister, bei allem Respekt", widersprach der junge Mann, „hier müsst Ihr irren. Ich spüre mein Leben doch Tag für Tag wie ein tonnenschweres Wagenrad auf mir lasten. So sagt doch, wie kann ich mich von dieser Last erlösen?"

„Wir selbst sind es, die diese Last auf unsere Schulter nehmen. Nur wir selbst können uns davon befreien", sagte der Weise mit leiser Stimme.

„Aber ...", begann der junge Mann von Neuem.

Der Weise hob die Hand und sprach: „Dieses ‚Aber', mein Sohn, wiegt alleine schon Deine halbe Last."

Autor: unbekannt
nacherzählt von Peter Bödeker

~~~

„Nichts ist entspannender, als das anzunehmen, was kommt.“

14. Dalai Lama

~~~

5 Miss Rose und die Legende vom Jaron-Kobel

Einst hatte Miss Rose ihr Zuhause bei einer Frau, die mit ihrem Sohn Gill in einfachen Verhältnissen lebte. Sie brauchte alle Zeit und Kraft, um ihren Sohn, Miss Rose und sich mit dem Notwendigsten zu versorgen.

Seit Wochen holte Miss Rose den kleinen Gill aus der Schule ab. Als sie an diesem Tag durch die Brombeerhecke an der Schule schlüpfte, sah sie, wie Gill von drei Jungen umringt war.

Der Größte von ihnen sagte: „Deine blöden Ideen will doch keiner hören. Ein fliegendes Fahrrad; eine Uhr, die spricht. Pah! Du bist ein Trottel von armen Eltern. Du bist ein Spinner und wirst nie dazugehören."

Die drei Jungen zerrten Gill zur Dornenhecke und warfen ihn hinein.

Einer der Drei bespuckte Gill noch bevor sie ihn alleine mit Miss Rose zurück ließen.

Abends schmierte Gills Mutter seine Wunden ein. Sie küsste ihren Sohn auf die zerkratzte Stirn und sagte: „Lass mich Dir eine traurig schöne Geschichte erzählen. Mein Opa war Förster und er hat sie mir als junges Mädchen erzählt. Es ist die Legende vom Jaron-Kobel."

Miss Rose lag unter dem Bett und spitzte die Ohren.

Jaron war ein Eichhörnchen. Kein ganz normales, denn er hatte Höhenangst, was in seiner Gattung selten genug vorkam, weshalb sich seine Artgenossen oft genug über ihn lustig machten und auch die mitleidigen Blicke entgingen Jaron keineswegs.

Ein Eichhörnchen mit Höhenangst lebt gefährlich, denn es ist seinen Feinden wesentlich stärker ausgeliefert als seine Schwestern und Brüder, denn sie können vor Fuchs, Katze und Co. auf die Bäume fliehen.

Wann immer Jaron einen Artgenossen sah, rannte er zu ihm und fragte, wie es oben in den Bäumen sei. Ob es große Freude mache, in den Baumwipfeln hin und her zu jagen. Wie es sich anfühlte zu springen und den Ast des nächsten Baumes zu erwischen, um auf diesem in luftiger Höhe weiter zu sprinten.

Selten bekam er brauchbare Antworten. Meist klangen sie hochnäsig und abweisend, was Jaron anfangs noch etwas weh tat. So wie das junge Eichhörnchen, das zu ihm sagte: „Warum soll ich Dich neidisch machen? Du musst doch am Boden bleiben, weil Du Angst hast."

Jaron träumte vom Leben in den Wipfeln, beschäftigte sich aber gleichzeitig mit dem Leben am Boden. Er befragte den Maulwurf, das Kaninchen, die Mäuse, die Mauereidechse und das Mauswiesel. Dann fing er an, eine Höhle unterhalb einer Steinmauer zu bauen. Das war sehr mühsam, denn für so etwas war Jaron nur bedingt talentiert. Ein Loch graben, um eine Walnuss zu verstecken, das war einfach. Aber einen Gang graben, das war etwas anderes. Aber Jaron war erfinderisch und fleißig und so baute er eine besondere Höhle oder, wie Eichhörnchen sagen, „einen besonderen Kobel".

Dieser Ort war nur durch ein Labyrinth von Gängen zu erreichen und hatte mehrere Fluchtwege. Außerdem hatte Jaron erfahren, dass Wildschweine manchmal die unterirdischen Vorratskammern der Mäuse riechen und dann den Boden mit ihrer Schnauze aufbrechen, um in einer Minute die Arbeit von Monaten zu zerstören und die lebensnotwendigen Vorräte zu fressen.

Das sollte Jaron nicht passieren. Außerdem war er in seinem unterirdischen Kobel vor dem Marder, der Katze und dem Uhu sicher.

Schnell sprach sich unter den Eichhörnchen herum, dass Jaron unter der Erde seinen Kobel hatte. Wie konnte man nur? Was für ein merkwürdiger Geselle, dieser Jaron!

Die Tage zogen ins Land und das Leben im Wald ging seinen gewohnten Gang. Jaron war schnell vergessen. Er lebte alleine in seinem Kobel, denn die Eichhörnchendamen waren nicht bereit für eine Kellerwohnung.

Eines Nachts im Sommer schreckte Jaron von nervenzerreißenden Schreien aus dem Schlaf. Er lauschte angespannt und hörte Geräusche, die sich anhörten, als zerbräche jemand Äste. Dann wieder diese Schreie und das Knacken.

Jaron raste durchs Labyrinth, um ins Freie zu gelangen. Versteinert blieb er stehen, denn die Nacht war gleißend hell und heiße Rauchschwaden brannten in seinen Augen. Der Wald war ein flammendes Inferno.

Jaron kletterte auf die Steinmauer und raste zur Linde, die am Ende der Mauer stand. Sie war umzingelt vom Feuermeer und es war nur eine Frage von Minuten, wann auch dieser Baum von der Feuerwalze erfasst wurde. Der Qualm biss Jaron in den Augen und es fühlte sich an, als wenn seine Schwanzhaare anfingen zu brennen.

Jaron blickte nach oben. Von dort kamen die panischen Schreie her. Er erkannte eine Gruppe von Eichhörnchen, die sich verängstigt aneinander klammerten.

Jaron rief ihnen zu. Er forderte sie auf, ihm in seinen Kobel zu folgen. Dort wären sie in Sicherheit. Doch die Eichhörnchen verharrten wie gelähmt. Die Feuerwand schob sich Meter für Meter dichter an den Baum. Es war unerträglich heiß. In einigen Minuten würde die Linde samt allem, was sich auf ihr befand, verbrennen.

Jaron konnte diese Vorstellung nicht ertragen und so stürmte er den Baum hinauf. Er blickte nicht nach unten. Er wollte keine Angst haben. Er ignorierte einfach, dass er in schwindelnder Höhe auf einem Ast lief.

Mit großen Augen blickten ihn die meist jungen Eichhörnchen an. Jaron redete auf sie ein. Sie sollten ihm endlich folgen. Aber sie klammerten sich nur noch fester aneinander. Verzweifelt schrie Jaron: „Verlasst sofort den Baum und folgt mir!" Er schrie es so laut, dass er das Dröhnen des Feuers übertönte. Da löste sich eines der Eichhörnchen von der Gruppe und rannte zitternd zu Jaron. Die anderen Hörnchen folgten dem Beispiel und gemeinsam stürmten sie mit Jaron in den sicheren Kobel.

Die Verängstigten hatten sich gerade erst zitternd im Kobel einen Platz gesucht, als Jaron erneut ein Schreien hörte. Eines der großen Eichhörnchen folgte ihm aus dem Kobel und sie rasten gemeinsam zur Linde. Der Baum brannte und das wilde Knacken schmerzte in ihren Ohren. Dann erblickten sie auf der Linde ein kleines Eichhörnchen, das sich an einen der wenigen noch nicht brennenden Äste klammerte.

Jaron raste den Baum hoch, als hätte er sein Leben lang nichts anderes gemacht. Er sprang von einem höher liegenden Ast zum kleinen Hörnchen. Der Ast hatte angefangen zu brennen und der buschige Schwanz des Kleinen war bereits angesengt. Jaron packte das Eichhörnchen und warf es auf einen Laubhaufen, wo das Große es in Empfang nahm.

Bei seiner Rettungstat kam Jaron aus dem Gleichgewicht. Halb fiel er, halb sprang er auf einen tiefer liegenden Ast. Gerade wollte er zum rettenden Sprung auf den Laubhaufen ansetzen, als unter lautem Krachen der große Ast oberhalb von ihm brennend in die Tiefe stürzte. Am Boden mussten die beiden geretteten Eichhörnchen mit ansehen, wie Jaron Opfer der Flammen wurde.

Das war die Legende von Jaron. Noch heute bauen Eichhörnchen geheime, unterirdische Kobel, die keiner außer ihnen findet. Kobel, die ihrer Sicherheit dienen und im Gedenken an Jaron, der sich für sie opferte, obwohl sie ihn gemieden und ausgelacht hatten.

(auf-)geschrieben von Michael Behn

~~~

„Niemand ist nutzlos in dieser Welt, der einem anderen die Bürde leichter macht."

Charles Dickens, * 1812, † 1870, englischer Schriftsteller

~~~

6 Der Hase vor dem Zaun

Einst lebte ein Hase in der Nähe eines kleinen Dorfes. Eines Morgens sah er eine riesige, saftige Möhre hinter einem Maschendrahtzaun im Morgentau glänzen. Voller Vorfreude lief ihm das Wasser im Hasenmunde zusammen.

Nach Hasenart versuchte er zunächst, unter dem Zaun hindurchzugraben. Der Boden zeigte sich steinig und hart, so dass der Hase sich blutige Pfoten holte. Er wurde immer aufgeregter und probierte mit aller Kraft, über den Zaun zu springen. Doch der Zaun war zu hoch, er hüpfte kaum die halbe Höhe hinauf.

Da nahm der Hase Anlauf und rannte mit aller Wucht gegen den Zaun. Das Hindernis hielt, die Möhre blieb unerreicht. Das mochte der Hase nicht wahrhaben. Immer wieder rannte er gegen den Zaun, immer wieder prallte er vergeblich zurück. So lange, bis er unter seinen Bemühungen starb.

Das Tragische an der Geschichte: Wäre der Hase ein wenig von der Möhre zurückgetreten und hätte seinen Blick schweifen lassen, so hätte er gesehen, dass der Zaun nach einigen Metern einfach endete. Der Hase hätte nur drum herum laufen müssen.

Quelle: unbekannt
nacherzählt von Peter Bödeker

~~~

*„Mitten im Wasser dürstet
der Narr"*

aus dem ehemaligen Abessinien
~~~

7 Die Legende vom Tempel der tausend Spiegel

In Indien gab es den Tempel der tausend Spiegel. Er lag auf einem Berg und sein Anblick war gewaltig.

Eines Tages erklomm ein riesiger, dunkler Hund den Berg. Er rannte die Stufen hinauf, ging in den Tempel und machte eine unheimliche Erfahrung.

Als der Hund den Saal der tausend Spiegel betrat, erblickte er tausend riesige, dunkle Hunde. Er bekam Angst, sträubte das Nackenfell, knurrte und fletschte die scharfen Zähne. Und tausend Hunde sträubten ihr Nackenfell, knurrten furchterregend und fletschten die scharfen Zähne.

Voller Panik rannte der riesige, dunkle Hund aus dem Tempel. Er lief ins Tal und glaubte von nun an, dass die ganze Welt aus knurrenden und bedrohlichen Hunden bestand.

Einige Zeit später erklomm ein zotteliger Hirtenhund den Berg. Auch er rannte die Stufen hinauf und ging in den gewaltigen Tempel. Als er den Saal der tausend Spiegel betrat, erblickte er tausend zottelige Hunde.

Der Hirtenhund aber freute sich über die Spielkameraden. Er wedelte mit dem Schwanz, sprang fröhlich hin und her und forderte die Hunde zum Spielen auf.

Erschöpft vom fröhlichen Springen verließ der zottelige Hirtenhund den Tempel. Er rannte ins Tal mit der Überzeugung, dass die ganze Welt aus netten und freundlichen Hunden bestehe. Aus Hunden, die ihm wohlgesonnen sind.

Frei erzählt nach einer Geschichte aus Indien von Michael Behn
Auch zum Anhören: blueprints.de/go-413

~ ~ ~

„Wer die Welt vernünftig ansieht,
den sieht auch sie vernünftig an."

Georg Wilhelm Friedrich Hegel,
* 1770, † 1831, deutscher Philosoph

~ ~ ~

8 Das Geheimnis des Riesen

Einst lebten die Menschen eines kleinen Königreiches, das sich über die Täler einer Bergkette und deren Vorland erstreckte, in Harmonie und Fülle. Die Felder brachten die Kornspeicher zum Überquellen, Mensch und Tier erfreuten sich an üppiger Speise. Selbst die Hühner und Hausschweine labten sich an frischem Salat und goldgelbem Korn. Doch eines Tages, kurz vor der Ernte, verdunkelte sich der Himmel. Erschrocken blickten die Bergbewohner nach oben.

Der junge Bauer Leonardo lief hinter seinem Pflug, als das Unheil geschah. Er hatte seinen größten Ochsen in das Geschirr gespannt. Ein Lächeln lag auf Leonardos Lippen. Heute Abend würde er zeitig den Feierabend begehen. Er hatte seiner Tochter Fetima versprochen, mit ihr die Kirschen zu pflücken. Allzu viele der Früchte würden wohl nicht im Eimer landen ...

Der Pflug stieß zum zehnten Mal gegen einen Stein, als der Sonnenteppich auf Leonardos Feld einem düsteren Halbschatten wich. Im ersten Moment dachte er, dass der Pflug auf eine Wasserader gestoßen sei und sich eine Flutwelle über das Feld ergoss. Dann aber wurde ihm gewahr, dass sich auch ein Schatten über das Fell des Ochsen legte. Gleichzeitig spürte er ein Vibrieren des Bodens. Ruckartig blickte er hoch.

Das Grauen erschien in Form eines gewaltigen Riesen. Leonardo schaffte es gerade noch, sich in eine seiner Furchen zu werfen, als ein scheunengroßer Fuß dicht neben ihm aufsetzte. Der Pflug verwehrte seinem Ochsen die Flucht, knirschend zermalmte der Riesenfuß das massige Tier.

Leonardo hob vorsichtig den Kopf. Erschrocken fuhr er mit der Hand zum Mund. Was für ein monumentaler Körper! Der Riese trug lediglich einen Wanst um die Hüfte, bestehend aus hunderten von Fellen. Seine Haare, lang wie ein Baum, hingen verfilzt bis zur Schulter. Die Nase, knollig und dunkelrot, erhob sich witternd aus einem platten Gesicht. In ein Nasenloch hätte problemlos Leonardos Ochsenkarren hineingepasst.

Der Riese schlich über die Felder der Menschen. Jedenfalls trat er nur mit den Vorderfüßen auf. Gerade erwischte er dennoch eine Scheune. Krachend sackte das halbe Gebäude in sich zusammen. Der Riese hielt mit der Hand am Ohr inne – wonach mochte er lauschen?

Auf einmal raste der Gigant los - direkt auf die Wiesen mit den Obstbäumen zu. Leonardos Herz setzte aus. Fetima! Das Haus der Familie grenzte unmittelbar an die weitläufigen Obstwiesen. Leonardo stolperte hinter dem Riesen her, wurde schneller und schneller, zuletzt flog er geradezu über das zerfurchte Feld.

Der Riese gebar sich wie wild. Er entwurzelte alle Obstbäume mit den wuchtigen Füßen. Immer wieder trat er auf die bereits völlig zerquetschten Bäume ein. Erst als alle Obstbäume in die Erde hineingetreten waren, ließ der Koloss von seinem wilden Treiben ab. Laut auspustend, mit zufriedenem Gesichtsausdruck, hob er wieder die Hand zum Ohr. Die Menschen harrten gespannt.

Dann kehrte der Riese dorthin zurück, woher er gekommen war. Diesmal ganz normal gehend, ein „Schleichen" schien nicht mehr notwendig. Bald war er zwischen den Bergen verschwunden.

Jungbauer Leonardo hatte Glück. Seiner Familie war nichts geschehen. Er hielt seine kleine Tochter eng im Arm, während sein Haus bei jedem Schritt des weichenden Riesen erbebte und knirschte. Andere waren nicht so glimpflich davongekommen. Rund zwei Dutzend Menschen des Königreiches waren am Ende den Füßen des Riesen zum Opfer gefallen.

Im darauf folgenden Jahr wiederholte sich das Wüten des Riesen. Wieder erschien er zur Blütezeit und vollzog sein furchtbares Werk ein zweites Mal. Diesmal zermalmte er die Erdbeerfelder, die zum Ersatz für die fehlenden Obstwiesen angelegt worden waren. Abermals wurden mehrere Menschen von dem Riesen zu Tode gequetscht.

Der König sendete daraufhin Boten in die umliegenden Länder. Sie sollten nach Helden suchen, die gegen hohe Belohnung dem Riesen den Garaus machten.

Doch Held um Held versagte an der Herausforderung. Der Riese hatte hoch oben in der Felswand eines unzugänglichen Tales seine Höhle bezogen. Die einen kehrten aus den Bergen gar nicht zurück. Die anderen kamen schwer gezeichnet retour und schleppten sich ohne weitere Erklärung gen Heimat. Der König verzweifelte und mit ihm das Volk. Schon war der Winter vorbei – würde der Riese dieses Jahr wiederkehren?

Da fasste sich Leonardo im Frühjahr ein Herz und bat um Audienz bei seinem Herrscher. Weil er andeutete, vielleicht eine Lösung des Riesenproblemes zu kennen, wurde er unverzüglich vorgelassen. Erwartungsvoll blickte der König ihn an.
„Mein König, ich habe von einem Mann und einer Frau in einem kleinen Dorf nahe Florino gehört, die gemeinsam bisher jedes Problem lösen konnten. Eventuell wissen sie auch bei unserem Riesen einen Rat."

Der König beratschlagte sich kurz mit seinem Vertrauten und entschied: „Wir können uns nicht vorstellen, dass ein Liebespärchen etwas gegen einen Riesen auszurichten vermag. Doch wollen wir jede Chance nutzen. Ich beauftrage dich, die beiden zu finden und um Hilfe zu bitten."

Am folgenden Morgen verabschiedete sich Leonardo bei Sonnenaufgang von seinen Liebsten und begab sich auf die Reise in Richtung Florino. Die Jahreszeit war günstig zum Wandern. Auf den Bergwiesen flatterten erste Schmetterlinge und tirilierende Vögel schwirrten im Duett durch die klare Bergluft. Unter seinem Hemd trug Leonardo einen Anhänger mit einem Strohring, den ihm Fetima gestern Abend für die Reise geflochten hatte.

Nach wenigen Tagen hatte er die beiden Gesuchten gefunden, denn viele Menschen im dortigen Umland hatten von den beiden gehört. Je näher er dem Heimatdorf der zwei kam, desto mehr Einwohner traf er, die schon einmal um Rat bei dem Duo gefragt hatten.

Als Leonardo die Küche des Pärchens betrat, überkam ihn ein Gefühl innigen Vertrautseins. Die gemütliche Atmosphäre des Raumes erinnerte ihn an daheim. Mann und Frau saßen am zernarbten Holztisch und betrachteten ihren Besucher mit fragendem Blick. Und Leonardo schilderte das Leid in seiner Heimat.

Nachdem er geendet hatte, legte ihm der Mann eine Hand auf den Arm und sagte: „Schau, Leonardo, wir zwei lösen Probleme zusammen. Ich durchdenke das Problem vor allem mit dem Verstand und meine Frau bevorzugt mit dem Bauch. Bisher konnten wir noch bei jeder Sorge helfen, aber ich weiß nicht, was wir gegen einen ausgewachsenen Riesen auszurichten vermögen. Ich fürchte, du hast dich umsonst auf den weiten Weg gemacht." Die Frau nickte zustimmend.

Doch Leonardo mochte das nicht wahrhaben. Noch einen Riesenangriff würden Fetima oder seine Frau womöglich nicht überleben. Außerdem hatte er hier in der Küche das Gefühl, dass den beiden gemeinsam alles zuzutrauen sei. Mit inniger Stimme flehte er: „Bitte! Versucht doch wenigstens, uns zu helfen. Sprecht mit unserem König und seinen Beratern. Vielleicht fällt euch zusammen eine Lösung ein. Denkt an die Menschen der Täler!"

Das Pärchen ließ sich erweichen.

Als Leonardo das Duo vor den König und seinen Rat führte, mussten die Lenker des Landes aufgrund des harmlosen Anscheines der beiden schmunzeln. Der König winkte dann auch ab und sagte: „Lasst ab, gute Leut, es sind schon genug bei der Jagd auf den Riesen gestorben. Wir werden uns etwas anderes ausdenken."

Das wollte Leonardo nicht hinnehmen. Er bat das Pärchen, ihr besonderes Vorgehen zu erklären.

„Nun ja, verehrter König", begann der Mann, „der Riese wird sicherlich einen guten Grund haben, die Felder niederzutrampeln."

„Außerdem", ergänzte die Frau, „habe ich nach euren Schilderungen das Gefühl, dass der Riese es nicht auf die Menschen abgesehen hat. Wer weiß, was ihn an den Feldern gestört hat."

„Und weiter?", fragte der König, milde lächelnd.

Die Frau schwieg eine Weile. Dann fuhr sie fort: „Ich fühle, dass der Riese traurig wäre, wenn er wüsste, dass sein Tun den Tod von Menschen zur Folge hat. Vielleicht kann er mit Worten statt mit Schwertern von seinen Angriffen abgehalten werden …"

Der König zog nachdenklich die Augenbrauen hoch und rieb sich eine Weile sein faltiges Kinn. Schließlich entschied er: „So versucht es. Leonardo, zeige den beiden das Versteck des Riesen. Mögen die Götter mit euch sein."

***

Der Riese hielt gerade Mittagsschlaf in einer heimeligen Ecke seiner weitläufigen Höhle. Er schnarchte in einem Berg aus Heu, Stroh und trockenen Blättern. Im Traum badete er inmitten von reifen Blaubeeren, seiner unübertroffenen Lieblingsspeise. Er konnte so viele Beeren essen, dass sein Bauch zu einer runden Kugel anschwoll.

Als er gewahr wurde, dass irgendein Wesen ihm auf die Nase klopfte, sprang er wie von der Lanze getroffen auf und hub an, alles um ihn herum niederzuschlagen. Etwas ließ ihn zögern. Er vernahm ein unverständliches Murmeln von Menschenwesen. Wie konnte das sein? Warum hatte ihn sein siebter Riesensinn nicht, wie sonst bei Gefahr üblich, rechtzeitig geweckt?

„Halt ein Riese und höre uns an", verstand er mit einem Mal das Geschrei der Menschen. Normalerweise hätte er dieser Bitte keine Beachtung geschenkt, aber irgendetwas lag in jener Stimme, das ihn verharren ließ. Das Männlein dort unten schien nicht so hasserfüllt wie die bisherigen Eindringlinge, die sofort mit Lanzen und Schwertern auf ihn eingestochen hatten. Nach kurzem Zögern tastete er nach seiner Brille, um die Menschen erkennen zu können. Es war ein abenteuerliches Gestell aus zwei Brückenpfeilern aus Holz, die badewannengroße Gläser umschlossen.

Nun sah der Riesen einen Mann und eine Frau vor sich stehen. Der Riese bemühte sich um eine tiefe, bedrohliche Stimme und verkündete: „Habt ihr noch etwas zu sagen, bevor ich euch mit meinen Fäusten zermalme?"

Nachdem ihm das Pärchen den Grund ihres Hierseins erklärt hatte, sackte der große Riese in sich zusammen. Er hatte nicht gewusst, dass sein Ausflug zu den Feldern der Menschen so viel Leid verursacht hatte. Tränen der Scham liefen seine Wangen hinunter.

„Was bin ich doch für ein böser Riese. Ich töte Menschen, nur um in Ruhe meine Blaubeeren genießen zu können." Der Riese versank in trauriges Schweigen.

„Magst du uns das mit den Blaubeeren näher erläutern?", bat ihn der Mann.

„Ich liebe Blaubeeren für mein Leben", hob der Riese an. „Wenn sie reif sind, streife ich durch das ganze Gebirge und sammle alle Beeren zusammen, damit nicht die Vögel, Bären, Füchse, Rehe und Dachse mir meine Leibspeise wegfressen. Wenn ich aber mein Lager hier in der Höhle gefüllt habe, kommen Scharen von Bienen geflogen. Sie stechen mir zu Hunderten in den Mund und in meinen Hals, wenn ich mich an den Beeren labe."

Wie zum Beweis rieb sich der Riese theatralisch die Kehle. Sobald er seine Brille zurecht gerückt hatte, fuhr er fort: „Ich habe versucht, die Bienen in ihren Stöcken zu zerquetschen. Aber diese hängen verborgen in den Spalten und Ritzen der Felsen, ich komme mit meinen Fingern einfach nicht hinein. Vor zwei Jahren fand ich endlich eine Lösung. Ein riesiger Schwarm summte an mir vorbei. Ich bin ihnen mit meinem scharfen Gehör gefolgt und habe nicht lange gefackelt, als ich so viele Bienen in den Obstbäumen versammelt fand. Nachdem ich alles niedergetreten hatte, hatte es sich ausgesummt. Ihr könnt euch vorstellen, wie groß meine Freude war, meine geliebten Blaubeeren ohne lästige Bienenstiche verputzen zu können."

Die Frau nickte verständnisvoll. „Aber", fragte sie, „warum hast du dabei die Menschen zerquetscht? Taten dir die armen Seelen gar nicht leid?"

Das Gesicht des Riesens verzog sich zu einer Trauermiene. „Doch, natürlich ... aber ..." Der Riese schien sich unsicher, ob er fortfahren sollte. Die Frau ließ ihm Zeit. „Ich bin ohne meine Brille nahezu blind", platzte es schließlich aus dem Riesen heraus. „Wenn das meine Mitriesen erführen oder auch nur Menschen, die mir nach dem Leben trachten ... ich würde keine zwei Tage mehr leben. Meine Höhle ist bei anderen Riesen begehrt. Darum darf ich unmöglich draußen meine Brille aufsetzen. Ich orientiere mich außerhalb meiner Höhle nur nach dem Gehör."

Da wurde dem Pärchen alles klar. Sie setzen sich mit dem Riesen zusammen und suchten nach einer Lösung für das Dilemma.

Der Mann sagte: „Wir brauchen eine Lösung, die das Anhäufen von Blaubeeren verhindert. Ansonsten kommen unweigerlich die Bienen."

Die Frau ergänzte: „Dennoch braucht der Riese ein Gefühl von Fülle. Nur eine große Menge Blaubeeren stillt seinen Hunger. Außerdem muss dieser Vorrat ein Empfinden der Sicherheit auslösen, andernfalls wird er weiterhin das Verlangen nach dem Zusammenraffen von Vorräten verspüren."

Der Riese nickte zustimmend. Fast wäre ihm dabei die „Brille" von der Nase gerutscht. Seine menschlichen Gäste hätten den Aufprall des Gestells nicht unbeschadet überstanden.

Die Beratung setzte sich fort. Mal fiel dem Mann eine Idee ein, mal der Frau. Doch immer wurde die Lösung von dem anderen oder vom Riesen als undurchführbar verworfen.

Irgendwann beschlossen sie eine Pause, setzen sich an den Rand der Höhle und ließen ihre Blicke über das darunterliegende grasbewachsene Tal schweifen. Sie genossen den Anblick des über den Bergrücken wandernden Sonnenteppichs. Es war völlig still, nur der Wind säuselte an ihren Ohren entlang.

„Ich hab's", riefen die Frau und der Mann gleichzeitig aus und strahlten sich gegenseitig an.

Der Riese blickte neugierig herunter. Er hatte seine Brille nicht auf. Zu groß war die Gefahr, hier draußen gesehen zu werden.

„Das Tal?", fragte der Mann in Richtung seiner Frau.

„Mit einem Zaun?", entgegnete die Frau.

Beide nickten sich gegenseitig zu und klatschten sich freudig ab.

„Hört auf mit dem Menschengetue", verlangte der Riese, „redet so, dass ich verstehe."

„Wenn du deine Brille aufsetzen könntest", erläuterte der Mann, „würdest du da unten eine riesige grüne Wiese erkennen. Dort könnten doch die Menschen des Bergkönigreiches dir ein ganzes Feld mit Blaubeersträuchern anpflanzen. Du bräuchtest die Beeren dann nicht mehr auf Vorrat sammeln und hättest keinen Ärger mehr mit den Bienen."

„Und was ist mit den Bären und Vögeln?", wandte der Riese ein.
„Ein Zaun am Taleingang reicht gegen die größeren Tiere", erläuterte die Frau. „Und gegen die Vögel spannen wir Netze. Diese musst du beim Ernten nur hochnehmen."

Wieder im Königreich angekommen erzählte das Pärchen niemandem etwas von der Sehschwäche des Riesen. Sie beschrieben dem König ihre Lösung und versprachen, wenn er die Anpflanzung der Blaubeerwiese und den Bau des Zaunes veranlasste, würde der Riese nicht mehr in die Dörfer eindringen.

Der König ließ sich überzeugen und fortan lebte das Bergkönigreich wieder in Fülle und Frieden. Das Pärchen wurde vom König gebeten, im Reich zu verbleiben und fortan als Berater bei Hofe zu dienen. Sie zogen in das Haus neben Leonardos Hof und erfreuten sich großer Beliebtheit unter den Einwohnern. Hin und wieder besuchten sie den Riesen und brachten ihm eine riesige Blaubeertorte. Denn wenn der Riese eines noch lieber mochte als Blaubeeren, dann war das eine Torte aus Blaubeeren.

Nach einer alten Weisheitsgeschichte – Peter Bödeker

~ ~ ~

„Ich mag Menschen, die mit Problemen fertig werden!"

Ralph Waldo Emerson, * 1803, † 1882, US-amerikanischer Philosoph

~ ~ ~

9 Wenn ich mein Leben nochmals leben könnte

Wenn ich mein Leben nochmals leben könnte, würde ich versuchen, mehr Fehler zu begehen. Ich würde nicht immer perfekt sein wollen, würde mich vielmehr die meiste Zeit eher entspannen.

Ich wäre ein wenig ausgefallener, als ich es gewesen bin, kurzum: Ich würde vieles nicht so ernst nehmen. Ich würde nicht immer so gesund leben. Ich würde mehr Risiko eingehen, auf jeden Fall viel mehr reisen, die Sonne und den Himmel bestaunen, mehr Berge besteigen, in Flüssen schwimmen.

Ich war einer dieser vernünftigen Menschen, die jede Minute ihres Lebens zweckdienlich begingen. Natürlich hatte ich auch freudvolle Stunden, doch wenn ich die Zeit noch einmal zurückdrehen könnte, würde ich danach streben, viel mehr dieser glücklichen Momente zu verleben.

Nur zur Erinnerung: Das Leben besteht nur aus Momenten, drum übersehe nicht den jetzigen.

Wenn ich mein Leben nochmals leben könnte, würde ich von Frühling bis Herbst so oft wie möglich barfuß schreiten. Ich würde mehr spielen.

Aber siehe … ich bin 90 Jahre alt und weiß, dass ich bald sterbe.

Quelle: unbekannt
nacherzählt von Peter Bödeker

~ ~ ~

„Ich habe heute ein paar Blumen
nicht gepflückt, um dir ihr Leben
zu schenken.“

Christian Morgenstern, * 1871, † 1914,
deutscher Dichter, Schriftsteller und Übersetzer

~ ~ ~

10 Miss Rose, der Meister und die ziellosen Studenten

Miss Rose lebte einst bei einem alten Professor, der kurz vor seiner Rente stand. Er gab seit einigen Jahren unentgeltlich ein Seminar für Studenten, die nicht wissen, wohin die Reise in ihrem Leben gehen soll. Er wollte den jungen Menschen bei der Orientierung auf ihrem Weg helfen. Die Zusammenkunft fand immer die ersten vier Samstage im Semester statt, Beginn 14 Uhr, in der Stube des Professors.

Der private Kurs wurde als Geheimtipp an auserwählte Freunde auf dem Campus weiterempfohlen. Die Plätze waren streng rationiert, mehr als 20 Sterbliche passten einfach nicht in die Stube des Professors.

Heute war es wieder so weit, die erste Stunde des Seminars stand an. Die jungen Frauen und Männer waren vollzählig im Wohnzimmer eingetroffen und tuschelten aufgeregt miteinander. Keiner von ihnen wusste, welche Inhalte dieser Workshop haben würde und wie der „Meister", wie die Studenten den Professor liebevoll nannten, ihnen bei ihren Fragen helfen könnte. Miss Rose lag neugierig oben auf dem Regal hinter dem Kamin. Sie fragte sich, warum diese Zusammenkunft so beliebt war.

Endlich betrat der Professor sein Wohnzimmer. Er blickte lächelnd in die Runde und begann ohne Umschweife mit einer Geschichte:

Eine zierliche Baumelfe hatte einst Mitleid mit einem jungen Studenten namens Tobias, der einfach nicht wusste, was er aus seinem Leben machen sollte. Vielseitig begabt, standen ihm viele Wege offen, doch welchen sollte er gehen? Voller

Verzweiflung vertraute er sein Leid einer riesigen Buche an, in deren Wipfeln die Elfe ihr Zuhause hatte.

„Vielleicht hat er ja einfach nur Angst davor, dass der Weg, den er einschlägt, scheitern könnte", überlegte die kleine Elfe. „Diese Angst kann ich ihm nehmen."

Sprach's und offenbarte sich dem jungen Mann: „Hallo. Tobias, ich komme, um dir zu helfen. Ich kenne eine Fee, die dir das Gelingen eines Lebenszieles garantieren kann." Dann schnippte sie mit den Fingern und beide standen vor einer alten Hütte, die direkt an einen wild wuchernden Wald grenzte.

Auf das Klopfen der Elfe öffnete eine alte Frau mit grauem, langem Haar die quietschende Eingangstür. In ihrer rechten Hand trug sie einen weißen Ebenholzstab.

Sie schien Bescheid zu wissen und begrüßte die Ankömmlinge mit den Worten: „Hallo, Tobias. Wie du schon gehört hast, kann ich dir heute die Erfüllung eines Lebensziels versichern. Komm, ich zeige dir, was dir alles offen steht. Du musst nur wählen."

Tobias bückte sich beim Hineingehen und staunte über die Größe der Hütte im Inneren. Die Fee schritt in einen Gang, der sich endlos in die Tiefe der Klause erstreckte.

Bei der ersten Tür blieb sie stehen. „Hier ist der Raum der Wirtschaft, Tobias. Wenn du dich für diese Tür entscheidest, wirst du große geschäftliche Erfolge in deinem Leben feiern. Du wirst tausende Angestellte haben, und weltweit Märkte erobern."

„Das ist toll", sagte Tobias, „aber ich würde gerne noch die anderen Möglichkeiten kennenlernen."

„Aber gerne", strahlte die Fee und ging zum nächsten Raum. „Hier ist der Raum des Ruhmes. Wenn du dich für diesen Weg entscheidest, wirst du auf der ganzen Welt bekannt sein und du wirst Millionen von Fans haben."

Tobias dachte darüber nach. Einmal so berühmt wie Ed Sheeran, dann würden ihm die Frauen zu Füßen liegen. Überall würde man ihm mit großem Respekt begegnen. „Das ist auch toll", sagte er zu der Fee, „doch ich würde gerne auch noch die anderen Räume sehen."

Sie gingen weiter. Der nächste Raum nannte sich Reichtum. „Wenn du durch diese Tür gehst, wirst du dein Leben lang viel Geld haben. Egal, was du tust."

Mit Geld kann ich mir alles ermöglichen, die ganze Welt steht mir offen, überlegte Tobias. Das wäre es! Doch ihm kamen auch Zweifel: Geld und Glück sollen ja zwei verschiedene Dinge sein. Vielleicht sollte er sich doch noch die restlichen Räume anschauen.

So gingen sie von Raum zu Raum. Überall ergaben sich andere, tolle Lebenswege. Von Weisheit bis Sportskanone war alles dabei.

Schließlich kamen sie an das Ende des Ganges. „Nun entscheide dich, Tobias. Welchen der Räume möchtest du betreten?"

Tobias hatte noch keine Wahl getroffen. Ihm war bewusst geworden, dass er sich bei der Wahl eines Lebensweges viele andere Möglichkeiten verbauen würde. „Bitte lasse mir noch ein wenig Zeit", bat Tobias, „damit ich mir meinen Wunsch gut überlegen kann."

Da blitzte es und Tobias saß wieder neben der kleinen Elfe unter der gewaltigen Buche. Das kleine Zauberwesen schaute ihn traurig an und meinte: „Armer Tobias. Ihr Menschen seid schon ein komisches Volk. Ihr wisst einfach nicht, was ihr euch wünschen sollt oder ihr wollt etwas, aber dafür nicht auf etwas anderes verzichten. So schiebt ihr eure Entscheidungen immer weiter auf, bis es zu spät ist. Wenn ihr aber wisst, was ihr wollt, steht euch die Welt offen."

In der Stube des Professors war es mucksmäuschenstill.

(auf-)geschrieben von Peter Bödeker

~ ~ ~

„Das Außergewöhnliche geschieht nicht auf glatten, gewöhnlichen Wegen."

Johann Wolfgang von Goethe,
* 1749, † 1832, deutscher Dichter

~ ~ ~

11 Der verborgene Diamant

Der Buddhismus ist reich an Geschichten, die den Menschen an seinen inneren Kern führen wollen. Dabei soll meist gezeigt werden, dass der Mensch im Inneren bereits alles hat, was er zum Glücklichsein braucht. Es will allerdings freigelegt werden, wie der Bildhauer die Figur aus dem Stein befreit.

So auch die Geschichte von den zwei Freunden, die finanziell ganz unterschiedlich gestellt waren. Der reiche Freund lebte in der Hauptstadt des Landes, er besaß dort ein Haus mit Park und mehreren Hausangestellten. Sein Freund hingegen wohnte in einer baufälligen Hütte auf dem Land, er konnte gerade einmal sechs Hühner sein eigen nennen.

Die beiden hatten sich vor einigen Jahren auf einer Pilgertour um den heiligen Berg Meru kennen und schätzen gelernt. Sie waren am Tage weite Wegstrecken gemeinsam gegangen, schweigend. Am Abend hatten sie sich dann intensiv unterhalten. Beide suchten hingebungsvoll nach geistiger Klarheit und widmeten viel Zeit ihrer spirituellen Entwicklung.

Sie trafen sich seitdem zweimal pro Jahr. Meist kam der reiche Mann aus der Stadt zu seinem Freund aufs Land. Für ihn war die Reise doch deutlich komfortabler zu bewältigen, zudem musste er aufgrund seines Seidenhandels ohnehin des Öfteren diesen Teil des Landes bereisen.

Bei jedem Treffen erzählten die beiden bis tief in die Nacht. Es wurde viel gelacht. Doch dieses Mal erkannte der Reiche eine Erschöpfung bei seinem Freund, wie er sie bisher an diesem nicht gesehen hatte. Die mühsame Feldarbeit zehrte mittlerweile spürbar an dessen Lebenskräften. Mit Sorge betrachtete der Reiche diese Entwicklung.

Am nächsten Morgen ereilte den Reichen ein Ruf, so dass er umgehend aufbrechen musste. Sein armer Freund schlief noch. Kurzentschlossen nähte der Reiche dem Armen einen stattlichen Diamanten in den Umhang und verschwand ohne Gruß, um den erschöpften Freund nicht zu wecken. Mit kindlicher Freude malte er sich das Gesicht des armen Freundes aus, wenn dieser den Diamanten in der provisorisch genähten Tasche entdecken würde. Der Edelstein war so wertvoll, dass sein Freund für den Rest seines Lebens nicht mehr würde arbeiten müssen.

Es ergab sich aber nun, dass besagter Ruf den reichen Freund für lange Zeit im Ausland festhielt. Als er nach mehreren Jahren in sein Heimatland zurückkehrte, reiste er sofort zu seinem Freund aufs Land. Wie sehr hatte er den Seelenbruder vermisst!

Als er vor der Hütte des Freundes ankam, wunderte er sich, warum diese immer noch so baufällig dastand. In dem kleinen Fenster war immer noch das Loch mit Tuch verhangen, das Dach war mittlerweile ein einziger Flickenteppich. Wozu hatte sein Freund das viele Geld aus dem Verkauf des Diamanten verwendet? Verunsichert trat er in die Hütte ein.

Sein Freund lag dösend auf einer Bank in der Küche. Nachdem er sich aus dem Halbschlaf gelöst hatte, fielen sich beide voller Freude in die Arme. Sofort begannen sie einander von den vergangenen Jahren zu berichten.

Irgendwann konnte der Reiche seine Frage nicht mehr zurückhalten: „Aber was hast du aus dem Diamanten gemacht, den ich dir in deinen Umhang genäht hatte? Er sollte eigentlich dein Los erleichtern ...“

Fragend starrte ihn der arme Freund an. Dann erhob er sich wie in Trance und holte den alten Umhang aus dem Schrank im Wohnraum. Nie war ihm die Wölbung unter der

Seitentasche aufgefallen. Mit zitternden Händen trennte er die provisorische Naht des Diamantversteckes auf und holte den glitzernden Stein hervor. Mit Tränen in den Augen hielt er den Diamanten in die Sonne.

„Und dieser Schatz verbarg sich die ganze Zeit bei mir?"

nacherzählt von Peter Bödeker

~~~

„Nicht außerhalb, nur in sich selbst soll man den Frieden suchen.
Wer die innere Stille gefunden hat, der greift nach nichts, und er verwirft auch nichts."

Buddha

~~~

12 Die Suche des Königs

Der frischgekrönte König von Rikania, seine Hoheit Trubor Dallante, gerade einmal 25 Jahre jung, strebte danach, ein guter und gerechter Herrscher zu werden. Er war überzeugt davon, dass der oberste Führer eines Königreiches nach weisem Rat streben sollte. Aber wie sollte er diesen finden? Wer konnte ihn als Herrscher kompetent beraten?

Die Lehrer des vorigen Königs buhlten wohl um seine Gunst. Doch ihn störte deren Geltungsdrang und er erkannte in ihren Ratschlägen allzu oft die Verstrickungen in die Interessen ihrer Familien. So beschloss er, in seinem Reich auf die Suche nach Weisheit zu gehen. Jedoch fand er zunächst etwas anderes ...

König Dallante kleidete sich als einfacher Mann und verließ am Nachmittag durch den Hinterausgang seinen Palast. Er streifte durch die Gassen der Hauptstadt und hielt Ausschau nach Zeichen von Klugheit, von Lebensweisheit. Nach einigen Stunden Wanderschaft in der Kälte fror ihn und sein Magen verlangte ein warmes Mahl.

Er kam an einer kärglichen Hütte vorbei, deren Dach notdürftig mit Treibgut geflickt war. Angelockt vom flackernden Schein trat er an das kleine Fenster. Drinnen saß ein vollbärtiger Mann alleine bei Tisch vor einer dampfenden Suppe. Eine einzelne Kerze mitten auf der Anrichte verstrahlte anheimelndes Licht. Die Hände des Mannes waren wie zum Gebet gefaltet und seine Lippen bewegten sich bei geschlossenen Augen. Die Atmosphäre des Raumes weckte im König ein Gefühl warmer Geborgenheit. Spontan klopfte er an.

„Was wünscht Ihr zu solch später Stunde, guter Mann?", begrüßte ihn der Vollbärtige.

„Würdet Ihr vielleicht Euer Mahl mit mir teilen? Die Geschäfte heute liefen schlecht, so dass mir kein Geld für ein warmes Essen geblieben ist", entgegnete der König.

„Dann tretet ein, meine Suppe genügt für uns beide."

Der König begab sich zum Tisch und begann seinen großgewachsenen Gastgeber auszufragen, während dieser einen zweiten Teller aufdeckte. „Womit verdient Ihr Euren Lebensunterhalt, guter Mann?"

„Ich flicke kaputte Schuhe", antwortete der Mann, der sich als Orman Allando zu erkennen gab, und reichte dem König einen Löffel. „Ich mache mich morgens mit meinem Handwerkszeug auf in die Stadt und repariere alle Schuhe, die mir von den Leuten vor die Tür gestellt werden. Am Abend kaufe ich mir vom Lohn mein Essen, hin und wieder kann ich sogar mein Werkzeug ergänzen. Je nachdem, wie der Tag seinen Segen verteilt hat."

„Eure Bescheidenheit gefällt mir", murmelte König Dallante. „Aber was würdet Ihr tun, wenn morgen keiner mehr einen Schuh zum Flicken herausstellen würde?"

„Morgen?", lächelt Allando, „Morgen? Wieso soll ich über eine morgige Eventualität grübeln, an der ich doch jetzt ohnehin nichts zu ändern vermag? Oder mir gar Sorgen darüber bereiten? Das Leben sei gelebt Tag für Tag, Moment für Moment."

Nachdenklich verabschiedete sich der König.

Am nächsten Morgen trat Allando in aller Frühe ins Freie und las direkt an einem Laternenmast gegenüber:

Erlass des Königs: Das Schusterhandwerk ist ab heute auf den Straßen der Hauptstadt Rikania verboten.

„Merkwürdig", dachte Allando, „was doch dem König für seltsame Erlasse in den Sinn kommen. Nun gut, dann werde ich mich heute als Wasserträger verdingen. Wasser benötigen die Bürger immer und der Weg vom Brunnen mitsamt der Wasserlast ist für viele beschwerlich."

Am Abend hatte er wieder genug Geld für eine warme Mahlzeit verdient. Wieder kam der – weiterhin verkleidete – König nach Eintritt der Dämmerung zu ihm zum Essen.

„Ich habe mir schon Sorgen gemacht, als ich heute früh den Erlass des Königs bemerkte", begann er scheinheilig das Gespräch. „Wie kommt es, dass Ihr trotzdem wieder ein warmes Mahl vor Euch stehen habt?"

Der ehemalige Schuster berichtete von seinem Einfall, sich als Wasserträger feilzubieten.

„Aber was wird morgen sein, guter Mann, wenn Ihr keinen findet, der Euch fürs Wassertragen entlohnt?"

„Morgen", entgegnete Allando, wieder lächelnd. „Morgen? Das Leben sei gelebt Tag für Tag, Moment für Moment."

Wie es der Zufall wollte, war am nächsten Morgen ein neuer Erlass des Königs am Laternenpfahl angeschlagen:

Erlass des Königs: Ab heute dürfen sich nur Bürger als Wasserträger verdingen, die eine Sondererlaubnis des Königs vorweisen können.

„Seltsam", dachte der Mann wieder, „die Einfälle des Königs werden immer sonderbarer." Sein Blick fiel auf den Holzhaufen neben der Gartenpforte. Er griff sich die Axt und entschied, sich heute als Holzhacker anzubieten. Er würde die Scheite zerkleinern und die Holzscheite stapeln.

Am folgenden Abend lugte der König abermals zum Fenster herein. Und wieder sah er Allando beim Dankgebet vor der dampfenden Mahlzeit sitzen. Diesmal trat er ohne anzuklopfen ein und ließ sich das Tagewerk von Allando erzählen. Erneut konnte er sich die Frage nicht verkneifen: „Wie ich sehe, konntet Ihr heute wieder ein Mahl verdienen. Aber was wird sein, wenn Ihr morgen keine Arbeit als Holzfäller findet?"

„Morgen?" Allando schmunzelte den König an.

Dieser schaute ihn unschlüssig an, lächelte kurz zurück und entschwand.

Der nächste Morgen begrüßte Allando mit Vogelgezwitscher und Sonnenschein. Tatendurstig griff er zur Axt und machte sich auf den Weg zu den Häusern der Stadt. Da kam wie aus dem Nichts ein Trupp Soldaten um die Ecke.

„Ihr da mit der Axt", rief ihm der Truppführer entgegen, „Erlass des Königs: Ihr müsst heute vor den Toren des Königspalastes Wache stehen. Lasst die Axt zuhause, Ihr erhaltet ein Schwert von uns. Folgt mir."

Allando stand den ganzen Tag vor dem Eingangsportal des Palastes. Er erhielt keinen Lohn außer dem Schwert, das er für künftige Wachaufträge behalten sollte. Erst am späten Nachmittag kam er zum Stadtmarkt. Dort sprach er zu seinem Stammhändler: „Heute habe ich keinen Lohn für meine Arbeit bekommen. Doch in diesen Tagen habe ich neuerdings jeden Abend einen Gast zu Tisch. Ich lasse Euch dieses Schwert zum Pfand, bitte gebt mir, was ich für ein Mahl benötige."

Als der König am Abend bei ihm eintrat, ließ er sich die Geschichte vom ausbleibenden Lohn und dem Schwert als Pfandleihe erzählen. Verwundert hakte er nach: „Aber ich sehe doch ein Schwert in eurer Scheide." Der Mann blinzelte ihm zu und zog das Schwert heraus. Es war aus Holz. Allando hatte es noch am Abend in seiner Werkstatt nachgebaut, da er morgen schon wieder Wache halten musste.

„Aber was macht Ihr, wenn der Soldat morgen Eure Waffe inspizieren möchte und Ihr kein richtiges Schwert vorweisen könnt?"

„Morgen", entgegnete Allando, wieder lächelnd. „Morgen? Das Leben sei gelebt Tag für Tag, Moment für Moment. Der morgige Tag bringe das Seinige."

Am nächsten Morgen trat Allando beim Betreten des Palasthofes eine Palastwache entgegen. Der Wächter zog einen an den Händen gefesselten Gefangenen hinter sich her.

„Ihr da, mit dem Schwert, kommt rüber. Ich habe hier einen Mörder. Du wirst ihn jetzt sofort hinrichten", herrschte ihn die Palastwache an.

„Ich?", fragte Allando verwirrt, „ich werde keinen Menschen töten."

„Du musst", entgegnete die Palastwache, „der Befehl kommt direkt vom König."

Mittlerweile hatten sich mehrere Schaulustige um die Drei versammelt, man wollte sich die anstehende Hinrichtung nicht entgehen lassen. Die Palastwache zwang den Gefangenen auf die Knie und deutete Allando unmissverständlich, nun sein Schwert zu zücken und das notwendige Werk zu vollziehen.

Allando suchte den verzweifelten Blick des Gefangenen. Rund um dessen Augen und Mund zeigten sich unzählige Lachfalten. Konnte dies wirklich ein Mörder sein?

Einer Eingebung folgend warf sich Allando ebenfalls auf die Knie, faltete die Hände gen Himmel und rief mit lauter Stimme: „Gott im Himmel, weise mir den Weg. Wenn dieser Gefangene zurecht sterben soll, lasse mein Schwert in der Sonne blitzen. So er aber unschuldig ist, wandle mein Schwert zu Holz."

Alle Blicke richteten sich auf die Schwertscheide Allandos. Mit einem Ruck zog er die Waffe heraus und hielt sie in die Höhe.

„Seht doch, es ist aus Holz. Der Mann ist unschuldig", rief die Menge aus. Ein Jubel ob des göttlichen Eingreifens brach unter den Schaulustigen aus.

Da bahnten die Soldaten eine Gasse durch die Gaffer und König Dallante trat vor Allando. Er gab sich als Herrscher zu erkennen, legte Allando eine Hand auf die Schulter und fragte mit lauter Stimme, so dass alle Umherstehenden es hören konnten: „Zu Beginn habe ich Eurer Gelassenheit nicht getraut, verehrter Mann. Viermal habe ich Euch geprüft. Und ebenso oft habt Ihr gezeigt, dass Ihr Eure Weisheit wirklich zu leben wisst. Wollt Ihr ab heute Eure Lebensklugheit als mein Berater allen Menschen unseres Landes zur Verfügung stellen?"

nacherzählt von Peter Bödeker

~ ~ ~

„Jeder ist ein Genie! Doch wenn Du einen Fisch danach beurteilst, ob er auf einen Baum klettern kann, wird er sein ganzes Leben glauben, dass er dumm ist."

Albert Einstein, * 1879, † 1955, deutsch-US-amerikanischer Physiker

~ ~ ~

13 Die Katze und die Frau

Vor langer Zeit lebte die Katze nicht in den Häusern der Menschen, sondern wild im Busch. Aber sie fühlte sich einsam und dachte, sie möchte sich einem starken Wesen anschließen. Zuerst schloss sie Freundschaft mit dem Hasen und begleitete ihn überall hin.

Doch eines Tages bekam der Hase Streit mit einem Hirsch; dieser kämpfte gegen den Hasen und tötete ihn mit dem Geweih. So zog die Katze mit dem Hirsch weiter. Eines Tages aber sprang aus einem Hinterhalt ein Leopard auf den Hirsch und brachte ihn um. Die Katze wollte sich an den Leoparden halten. Aber als dieser sich über das Fleisch des Hirsches hermachte, erschien ein Löwe und vertrieb den Leoparden mit ein paar Prankenhieben. So lebte die Katze mit dem Löwen zusammen und glaubte, endlich an der Seite des mächtigsten Begleiters zu leben.

Eines Tages aber stießen Löwe und Katze auf eine Elefantenherde. Die Katze kletterte geschwind auf einen Baum, der Löwe jedoch wurde von den Elefanten zertrampelt. Die Katze dachte: „Größere und stärkere Tiere als die Elefanten gibt es nicht. Mit ihnen muss ich Freundschaft schließen." Die Katze überlegte noch, wie sie das anstellen sollte, als ein Jäger aus einem Busch heraus einen giftigen Pfeil auf den Elefanten abschoss: Tot sank dieser zu Boden und die restliche Herde raste in panischem Schrecken davon.

Die Katze, immer noch auf dem Baum, dachte weiter nach: „Dieses seltsame zweibeinige Wesen sieht zwar nicht besonders stark aus – aber es hat doch den Elefanten überwunden. Ich muss versuchen, mit diesem Fremdling Freundschaft zu schließen."

Also folgte sie, wenn auch in sicherem Abstand, dem Jäger bis zu dessen Haus. Sie wartete schüchtern vor dem Haus, als der Jäger hineinging.

Bald war aus dem Hause fürchterliches Schreien und Schimpfen zu hören. Die Tür flog auf, und heraus rannte der Jäger, hinter ihm drein die Frau, die ihn mit einer Holzkelle schlug. Da sagte sich die Katze: „Nun endlich habe ich das stärkste aller Lebewesen gesehen, dasjenige, vor dem sich auch jener, der den Elefanten überwunden hat, fürchtet! Mit diesem Wesen will ich zusammenleben!" Und ging ins Haus und legte sich in die Küche.

Nach einer afrikanischen Fabel, sprachlich angepasst von Michael Behn

~~~

„Katzen erreichen mühelos, was uns Menschen versagt bleibt: durchs Leben zu gehen, ohne Lärm zu machen. "

*Ernest Miller Hemingway, * 1899, † 1961, US-amerikanischer Schriftsteller*

~~~

14 Die Fabel von den beiden Fröschen

Zwei Frösche gingen auf Wanderschaft, denn die heiße Sommersonne hatte ihren Tümpel ausgetrocknet. Gegen Abend erreichten sie einen Bauernhof, wo eine große Schüssel Milch zum Abrahmen aufgestellt worden war. Sogleich hüpften sie hinein und ließen es sich schmecken. Was keine gute Idee war.

Als sie ihren Durst gestillt hatten und wieder ins Freie wollten, gelang es ihnen nicht. Sie waren gefangen, denn die glatte Wand der Schüssel war für sie nicht zu bezwingen. Immer und immer wieder rutschten die beiden Frösche in die Milch zurück.

Viele Stunden mühten sie sich vergeblich. Ihre Schenkel wurden immer matter. Da rief einer der beiden Frösche: „Alles Strampeln ist umsonst, das Schicksal ist gegen uns, ich gebe auf!" Er machte keine Bewegung mehr, glitt auf den Boden des Gefäßes und ertrank.

Sein Gefährte aber kämpfte verzweifelt weiter bis tief in die Nacht hinein. Da fühlte er plötzlich den ersten festen Butterbrocken unter seinen Füßen, er stieß sich mit letzter Kraft ab und war wieder im Freien.

Nach einer Fabel des griechischen Sklaven und Fabeldichters Aesop, der um 550 v. Chr. lebte, sprachlich angepasst von Michael Behn

Auch zum Anhören: blueprints.de/go-414
(einfach in den Browser eingeben, die Erzählung spielt direkt ab)

~~~

„*Ahme den Gang der Natur nach.
Ihr Geheimnis ist Geduld.*"

*Ralph Waldo Emerson, * 1803, † 1882,
US-amerikanischer Philosoph*

~~~

15 Der Friede im Sturm

Einst startete ein mächtiger König, der im Volk aufgrund seiner weisen Herrschaft beliebt war, in seinem Land einen Malwettbewerb. Gesucht wurde das beste Bild zum Thema Frieden. Die Künstler des Landes machten sich voller Eifer ans Werk. Zu Hunderten gingen die Gemälde im Palast ein. Die große Schlosshalle musste geräumt werden, damit das Auswahlgremium alle Bilder begutachten konnte.

Am Ende blieben zwei Bilder übrig. Der König sollte das Bessere küren. Seine Wahl überraschte ...

Der weise Landesherr überlegte lange, welches Bild den Frieden treffender symbolisiere. Tief in Gedanken versunken verharrte er vor den beiden Kunstwerken, die es in die Endauswahl geschafft hatten.

Das eine Bild verzauberte mit meisterhafter Darstellung eines klaren und ruhigen Sees. Beschauliche Berge umrahmten den Hintergrund, einzelne Dunstschleier spiegelten sich im klaren Wasser des Sees. Jedem Kunstfreund fiel sofort das Wort „Frieden" beim Betrachten dieses Meisterwerkes ein.

Das zweite Bild schien auf den ersten Blick das genaue Gegenteil zu symbolisieren. Auch hier füllten Berge die Leinwand, die Landschaft aber war karg und rauh. Das Gebirge wirkte vollkommen unwirtlich. Es toste ein Unwetter, dunkle Wolken beherrschten große Teile des Bildes und Blitze zuckten über den Himmel. Auf den ersten Blick auf keinen Fall ein Ort des Friedens.

Schaute man aber genauer hin, erkannte man einen schmalen Busch, der auf einer Felswand wuchs. Eine Felszunge überdachte das grüne Gezweig. In diesem Gebüsch hatte ein gelber Vogel sein Nest gebaut und hockte trotz des tosenden Unwetters in tiefer Gemütsruhe über seiner Brut. Hier hatte der Künstler seinem Werk einen kleinen Ausschnitt Gelassenheit gegönnt.

Welches Bild gewann wohl den Preis?

Der König entschied sich für das zweite Kunstwerk, die Sturmdarstellung.

Er erläuterte: Lasst euch nicht vom ersten Bild irreführen. Wir brauchen keinen Frieden in idealen Lebensumständen. In paradiesischen Zuständen fällt es leicht, entspannt durch den Tag zu gehen.

Das, was wir jedoch dringend bedürfen, ist ein Friede inmitten hektischer Ereignisse und widriger Lebenslagen. Denn dann bringt innerer Friede Hoffnung auf eine bessere Zeit.

Verfasser: unbekannt
nacherzählt von Peter Bödeker

~ ~ ~

„Sei wie ein Fels, an dem sich beständig die Wellen brechen! Er bleibt stehen, und rings um ihn legen sich die angeschwollenen Gewässer."

Mark Aurel, * 121 n. Chr., † 180 n. Chr., römischer Kaiser und Philosoph

~ ~ ~

16 Man kann es nicht allen Leuten recht machen

Einst sprach ein Vater zu seinem Sohn: „Komm, lieber Sohn, ich will dir die Torheit der Welt zeigen."

Er zog den Esel aus dem Stall und sie führten ihn an der Hand in das nächste Dorf. Da liefen die Bauern zusammen und riefen: „Seht doch, welche Narren da kommen. Führen den Esel an der Hand und keiner sitzt drauf." Nun machten sie sich auf in das zweite von fünf Dörfern, um die Torheit der Welt zu erkennen.

Als sie das erste Dorf hinter sich hatten, setzte sich der Vater auf den Esel und der Sohn führte das Tier an der Hand. Nach einer Weile kamen sie in ein anderes Dorf. Da sprachen die Bauern: „Seht nur, der Alte reitet und der arme Junge muss zu Fuße nebenher laufen."

Sie zogen weiter und als sie vor das dritte Dorf kamen, stieg der Vater ab, ließ den Sohn aufsitzen und er führte den Esel. Kaum waren sie etliche Schritte ins Dorf gekommen, da kamen die Bauern herbei gerannt und riefen: „Ei, der kräftige Junge reitet und lässt den armen alten Vater zu Fuß gehen!"

Sie gingen weiter und als sie zum vierten Dorf kamen, bat der Vater seinen Sohn, dass er sich hinten auf den Esel setze und er nahm vor ihm Platz. So ritten sie beide ins Dorf. Da kamen ebenfalls die Bauern zusammengelaufen, schimpften und schrien: „Pfui, diese Tierquäler! Sie sitzen alle beide auf dem Esel und wollen das arme Tier zu Tode reiten. Sollten wir nicht einen Stock nehmen und beide herunterschlagen?"

Als sie nun zum fünften Dorf kamen, sprach der Vater: „Lieber Sohn, es bleibt uns nur noch eins übrig, nämlich dass wir dem Esel die Beine zusammenbinden, ihn über eine Stange hängen und ihn tragen." Und so machten sie es. Aber wie sie ins fünfte Dorf kamen, da verhöhnten die Leute sie, schalten sie unsinnige Narren und jagten sie mit Steinwürfen aus dem Dorf hinaus.

Da sprach der Vater zu dem Sohne: „Siehst du nun, lieber Sohn, die Torheit der Welt? Wie wir es auch gemacht haben, so ist es niemand recht. Es ist eben unmöglich, es jedem recht zu machen. Darum mache du es so, wie du es für recht hältst - und lass die Leute reden."

Johann Peter Hebel, * 1760, † 1826, deutscher Schriftsteller, Theologe und Pädagoge, sprachlich angepasst von Michael Behn

~ ~ ~

„Zornig sein heißt, den Fehler anderer an sich selbst zu rächen."

*Alexander Pope, * 1688, † 1744,*
englischer Dichter

~ ~ ~

17 Die Gaben der Tiere

So konnte es nicht weitergehen! Alle Tiere des Hofes hatten sich im langen Stallgebäude vor der Schafweide versammelt. Es musste etwas geschehen, und jetzt war die passende Zeit dafür: Weihnachten. Da waren sich alle Tierbewohner der Farm einig. Doch was sollte man tun? Niemand konnte mit den Menschen reden. Sogar die schlaue Stute Herminda schnaubte ratlos mit ihren Nüstern.

„Darf ich einen Vorschlag machen?"

Alle Versammlungsmitglieder verstummten. Woher kam die schnatternde Stimme? Die Tiere blickten verwirrt von einem zum anderen.

„Ich bin's, hier unten."

Zahlreiche Augenpaare richteten sich gen Boden. Die alte Ente Erna vom Fischteich hinter dem Wald! Sie war beliebt bei den Tieren, trotz ihres mittlerweile völlig zerrupften Bürzels. Erna hatte stets ein offenes Ohr, wenn jemand mit seinen Sorgen zu ihr an den Teich kam, nahm sich Zeit, jeden Hofbewohner anzuhören. Die meisten Tiere kannten sie bereits aus ihrer Kinderzeit. Erna schien schon immer am Hof gelebt zu haben.

„Wir sind gespannt auf deinen Vorschlag", brummte die graue Kuh Ludmilla.

Erna watschelte in die Mitte des weitläufigen Stalles. Sechs Kühe, zwei Pferde, acht Schweine und ein Ochse lebten in den Boxen, die von dem Mittelgang abgingen. Auf dem Dachboden war Heu gelagert, in einer Nische wohnte die Eule Hermione.

Die Tiere bildeten einen Kreis um Erna. Die Ente räusperte sich, schüttelte ihre ergrauten Federn und forderte mit klarer Stimme: „Lasst uns den Heiligen Anderlecht anrufen. Er wird uns helfen."

Die Tiere blickten einander an, schwiegen einen Moment, als ob sie den Ratschlag erst einmal verstehen müssten, und begannen dann vielstimmig durcheinanderzureden.

„Ruhe!", polterte Ochse Ambrosius in dröhnendem Ton. „Ich denke, Ernas Idee ist einen Versuch wert. Jemand dagegen?"

Wenn der Ochse so fragte, war kaum Widerspruch zu erwarten. So nickte die ganze Gesellschaft oder brummte zustimmende Worte. Erna breitete ihre Flügel aus und alle verstummten. Sie trat rückwärts in den Kreis der Tiere zurück und sagte dabei: „Lasst uns beginnen!"

Alle Tiere riefen sodann den Heiligen Anderlecht in ihrer Sprache an. Der Stall war erfüllt von Gegrunze, Gewieher, Gebell, Gegacker, Geschnatter, Gemuhe, Gemähe und Gegurre.

Die Anrufung zeigte Erfolg. Mit einem Donnerschlag erhob sich eine Rauchwolke inmitten des Kreises der Tiere. Aus dem verwehenden Qualm erschien tatsächlich der Heilige Anderlecht. Er war ein bärtiger Kerl, dessen wuscheliges Haar von einer roten Mütze gebändigt wurde. Anderlecht war so groß, dass er nur gebückt im Stall kauern konnte. Sein Mantel bestand aus grobem Stoff, der an zahlreichen Stellen mit rostbraunen Flicken ausgebessert war. An seinen Füßen trug er schwarze Lederstiefel, denen eine Vielzahl an Wanderungen anzusehen war.

„Ihr habt mich gerufen", tönte er mit dunkler Stimme durch den Raum. „Was ist euer Begehr?"

Kein Tier rührte sich, kein Laut war zu hören. Alle starrten stumm mit weit geöffneten Augen den riesigen Anderlecht an.

Schließlich fasste sich wieder Ente Erna ein Herz und trat vor: „Verehrter Anderlecht, habt Dank, dass Ihr so schnell erschienen seid. Große Not treibt uns dazu, euch heute am Heiligen Abend anzurufen. Es verhält sich nämlich bei Hofe so: Die Bauersleut sind nur noch ein Schatten ihrer selbst. Er, der Bauer, poltert schon am Nachmittag gröhlend durchs Haus, trinkt Schnaps und vernachlässigt unseren Hof. An manchen Tagen erhalten wir Tiere überhaupt nichts zu essen. Und sie, die Bäuerin, sitzt Abend für Abend weinend am Fenster. So kann es nicht weitergehen. Doch was können wir tun?"

Der riesige Anderlecht nickte zustimmend mit dem Kopf, wobei er zweimal mit dem Scheitel an die Holzdecke krachte. Er hob an: „Euren Bauern fehlt es an Manchem, das erklärt ihren Zustand. Jemand müsste es ihnen schenken." Anderlecht blickte zwischen den Tieren umher.

„Wie sollen wir das machen?", fragte eine Maus vom Gatter des Schweinekobens. „Wir haben doch nichts."

„So kann man sich irren", schmunzelte Anderlecht und ließ sich mit einem Plumps auf den Hosenboden nieder. Das Stroh dämpfte den Aufprall, dennoch bebte der Boden. Er zog einen alten Jutesack unter seinem Mantel hervor.

„Hierin habe ich den Sand verglommener Sterne. Wir nennen ihn Weihnachtssand, denn dieser Sand ist etwas ganz Besonderes: Er kann Eigenschaften aufnehmen und weitergeben. So kann jedes Tier des Hofes den Menschen etwas von sich schenken. Am Ende müsst ihr nur den Staub im Haus der Menschen verteilen, dann nehmen sie diese Eigenschaften in sich auf."

Sagte es und verschwand in einer Rauchwolke, wie er gekommen war. Den Sack mit dem Sand hatte er dagelassen. Ente Erna trat vor und öffnete mit ihrem Schnabel den Strick am oberen Rand. Alle Tiere blickten in die Sacköffnung.

„Scheint ganz normaler Sand zu sein", meinte das schwarze Katerchen. Es hieß Schnapp. „Ob er uns angeflunkert hat? Vielleicht wollte er uns nur trösten?"

„Red' keinen Unsinn", fauchte es von oben. Eule Hermione kam von einem der Deckenbalken hinunter in den Kreis geschwebt. Sie zog den Sack noch weiter auf und stocherte mit ihrem Schnabel im Sand herum. Anschließend sprach sie zu den anderen Tieren: „Ich weiß, wie man den Zaubersand anwendet. Ihr müsst den Sack berühren und ganz stark an das denken, was ihr den Menschen schenken wollt. Wählt eure beste Eigenschaft. Ich beginne. Von mir sollen die Bauersleut Weisheit bekommen."

Sagte es, berührte mit ihrer Stirn den Sack mit dem Weihnachtssand, kniff die Augen zusammen und verharrte einen Moment regungslos. Dann öffnete sie wieder die Lider und forderte die anderen auf: „Jetzt ihr!".

Zunächst rührte sich keiner. Schließlich watschelte Erna zum Sack und verkündete: „Ich schenke ihnen meine Geduld." Sie hielt ebenfalls kurz ihre Entenstirn gegen den Sack und trat zurück in den Kreis.

Das Pferd Gesine trabte vor, kniete sich auf die Vorderläufe und beugte seinen großen Schädel auf den Weihnachtssand: „Von mir erhaltet ihr meine Leidenschaft."

Ochse Ambrosius stapfte neben Gesine und brummte: „Ich gebe euch meine Kraft."

76

Ein Tier des Hofes nach dem anderen trat an den Zauber-sack. Der Esel gab seine Ausdauer, das Schaf seine Sanftheit und das Schwein Elsmar seine Zuversicht.

Die wundersame Begebenheit hatte sich in Windeseile unter den Tieren verbreitet. Auch die Bewohner des angrenzen-den Waldes waren zum Stall gekommen und sahen einige Zeit der Zeremonie zu.

„Wir würden auch gerne unseren Beitrag für die Menschen geben." Hirsch Gardowan trat in den Stall. Er erklärte in die Runde: „Wenn es den Menschen gut geht, halten sie auch die Wälder und die darin lebenden Tiere in Ehren. Ich möchte ihnen von meiner Aufrichtigkeit geben." Sprach's und hielt die Spitze seines Geweihes an den Sack.

Nun kamen viele weitere Tiere in den Stall geflattert, gelau-fen oder gekrochen. Das Rotkehlchen verschenkte seine Freude, das Eichhörnchen seine Wendigkeit, der Fuchs seine Schläue und das Reh seine Sanftheit. Sogar ein Schmetterling, ein Maulwurf und eine Biene gaben ihre be-sten Eigenschaften. So füllte sich der Sack weiter mit Wand-lungsfähigkeit, Erdverbundenheit und Emsigkeit. Die Fle-dermaus gab ihr Orientierungsvermögen.

Schließlich traten alle Tiere zurück und der Sack lag wieder alleine in der Mitte des Kreises. Ein zartes Leuchten ging mittlerweile von ihm aus.

„Noch jemand?", fragte die Eule in die Runde.

Zwei Tiere bahnten sich einen Weg durch die Versamm-lung. Es waren Hofhund Gustav und Katerchen Schnapp. „Wir wollen auch noch", sprach Gustav und presste seine feuchte Nase an den Sack. „Von mir erhalten sie meine Achtsamkeit."

Als Letztes kam das Katerchen an die Reihe. „Eines darf nicht fehlen", meinte es, „von mir bekommen der Bauer und die Bäuerin die Fähigkeit zu rasten. Ich lebe den gesamten Tag bei ihnen und weiß, dass den Beiden dies ganz besonders fehlt." Als es seine schwarze Stirn an den Sack hielt, war in der Stille sein leises Schnurren zu hören.

„Das soll genügen", verkündete die Eule, packte mit ihrem Schnabel den Sack und flog durch die Stalltür zum Haus. Oben in der Knechtkammer hatte Katerchen Schnapp bereits ein Fenster aufgestoßen, so dass Hermione problemlos ins Haus gelangte. Sie verteilte den Staub unbemerkt in allen Zimmern und schwebte dann wieder in den Stall zurück.

„Nun müssen wir abwarten. Wir haben Heiligabend, die Menschen werden den Lichterschein in ihrer Stube genießen. Ich denke, heute wird nichts mehr geschehen", meinte Ochse Ambrosius und ließ sich im Stroh nieder. Alle Tiere zogen sich in ihre Ecken zurück und kuschelten sich ein. Diese Nacht würde sehr kalt werden. Auch die Waldbewohner traten ins Freie und suchten ihre Behausungen auf.

Doch der Ochse sollte sich täuschen. Kaum eine halbe Stunde nachdem Eule Hermione zurückgekehrt war, kam der Bauer zur Stalltür herein. Er warf der Kuh, dem Ochsen und dem Pferd jeweils eine Decke über und schüttete zusätzliches Stroh in die Schweinekoben. Dann stellte er als letztes eine Laterne ins Fenster. Wieder an der Tür drehte er sich noch einmal um und sprach in den Stall: „Heute ist die Heilige Nacht. Da sollt auch ihr es gemütlich haben. Morgen früh gibt es eine extra Portion Futter."

Da wussten die Tiere, dass der Heilige Anderlecht sie nicht angeschwindelt hatte.

erzählt von Peter Bödeker
Auch als PDF-Download: blueprints.de/go-415

~ ~ ~

„Die Hoffnung ist der Regenbogen über den herabstürzenden Bach des Lebens.“

Friedrich Wilhelm Nietzsche,
* 1844, † 1900, deutscher Philosoph

~ ~ ~

18 Der Fisch und das Meer

Einst lebte ein Fisch im Meer. Da das Wasser klar und durchsichtig war und er sich nicht daran stieß, wurde ihm nicht bewusst, dass ihn das Wasser trug.

Eines Tages begann der Fisch zu denken. Er dachte bei sich: „Was für ein Wunder. Ich kann mich im leeren Raum bewegen." Er dachte darüber nach, wie er sich bewegte. Darüber geriet er in Angst.

„Ich könnte vergessen, wie man schwimmt", dachte er. Dann schaute er in die Tiefe unter sich. Panik ergriff ihn, da er befürchtete, er könnte in die Tiefe stürzen. Doch dann kam ihm ein rettender Gedanke: „Ich nehme meinen Schwanz ins Maul und halte mich daran fest." So begann er, nach seinem Schwanz zu schnappen. Doch er schaffte es nicht. Je mehr er sich darum bemühte, umso gefährlicher erschien ihm der Abgrund. Die Angst wuchs.

Das Meer schaute sich das Treiben eine Weile an. Dann fragte es den verzweifelten Fisch: „Was tust du da?"

Der Fisch erwiderte: „Ich habe Angst, in die Tiefe zu fallen, und versuche daher, mich an meinem Schwanz festzuhalten."

Das Meer sagte: „Du hast es schon einige Zeit vergeblich versucht und bist dennoch nicht abgestürzt. Was ist wohl der Grund dafür?"

Der Fisch antwortete: „Ich bin tatsächlich nicht in die Tiefe gestürzt." Die weiteren Worte kamen ihm wie von selbst von den Lippen: „Weil ich schwimme."

„Du hast es erkannt", sagte das Meer und fuhr fort: „Ich bin das weite Meer, in dem du lebst. Ich trage dich, wenn du schwimmst. Ich habe mich dir ganz hingegeben, damit du in mir schwimmen kannst. Du sollst mich nach allen Richtungen durchforschen. Doch was tust du? Du ängstigst dich und vergeudest deine Zeit damit, nach deinem Schwanzende zu schnappen!"

Der Fisch begriff. Er ließ von seinen vergeblichen Versuchen ab und machte sich an das große Abenteuer, das weite Meer zu erkunden.

Quelle: unbekannt
leicht angepasst von Michael Behn

~~~

„Eine Reise ist wie eine Ehe:
Die sicherste Art zu scheitern
ist zu glauben, man habe sie
fest im Griff.“

*John Steinbeck, * 1902, † 1968,*
US-amerikanischer Schriftsteller,
aus Meine Reise mit Charly

~~~

19 Das Geheimnis der Steinmauer

Seit etlichen Monaten ging Virgo täglich an einem Hang vorbei, an dem ein Mann eine Mauer baute. Tagein, tagaus sah er ihn Steine von den Feldern holen, sie wie Puzzleteile aufeinander zu stapeln und deren Sitz zu prüfen. Schritt für Schritt wuchs die Mauer, die er zum Hang hin ständig mit schwerer, lehmiger Erde auffüllte. Langsam entstand so ein kleines Plateau.

Die wunden Hände des Mannes waren geschäftig von früh am Morgen bis spät in den Abend. Virgo war verwundert über den alten Mann, der trotz der schweren Arbeit immer ein Lächeln auf seinem faltigen Gesicht trug.

Doch eines Morgens, auf dem Weg zur Arbeit, blieb Virgo vor der mittlerweile mächtigen Mauer stehen. Das Plateau hinter der Mauer war bereits so groß wie ein Tennisfeld.

Der alte Mann wuchtete gerade einen schweren Stein in eine Lücke. Als dieser dann gut passte, prüfte er zufrieden den Mauerabschnitt.

Virgo reichte es. Er ging dichter an die Mauer und winkte dem Mann zu. Er sagte: „Gestatte, alter Mann! Was tust Du da? Und warum schaust Du in Gottes Namen immer so zufrieden? Deine Arbeit bereitet mir schon beim Zusehen Schmerzen."

Der alte Mann drehte sich um und winkte Virgo zu sich. Als er neben dem Alten stand, deutete dieser in Richtung der unter ihnen liegenden Felder. Bodennebel zog über die Wiesen, ein Reiher hob ab und flog in Richtung der aufgehenden Sonne.

Scheinbar in Gedanken versunken sagte er: „In der fertigen Steinmauer werden Eidechsen, Erdhummeln und Zwergfledermäuse wohnen. Auf dem Plateau wird mein kleines Haus stehen. Und genau hier, wo wir jetzt stehen, werde ich dann auf einer Bank sitzen und mich von der Arbeit ausruhen."

Virgo lächelte dem alten Mann zu. Er wusste, was dieser meinte, blickte dann wieder über die Felder, auf denen die Nebelschleier anfingen sich aufzulösen, und genoss einen Moment die Strahlen der aufgehenden Sonne.

Michael Behn

~ ~ ~

„Man muss seinen Traum finden,
dann wird der Weg leicht."

*Heinrich Heine, * 1797, † 1856,*
deutscher Dichter und Schriftsteller

~ ~ ~

20 Der Blick von Frida Stein

Schmerzen durchfluten mein linkes Knie und vom langen Sitzen schmerzt mein Rücken. Der Termin beim Kunden war nicht sonderlich erfolgreich verlaufen. Gleich ein Online-Meeting, danach Telefonkonferenzen. Ach ja, und den Führungskräfte-Workshop vorbereiten!

Ich setze den Blinker und biege ab in die Stuttgarter Straße, um den Anstieg Richtung Firma zu fahren. Doch diesmal sind die letzten Meter ganz anders als sonst.

Oje, Herrn Wellenreiter muss ich noch anrufen. Der hat immer etwas zu beanstanden. Der Gedanke: „Oh, Mann, das läuft gerade alles nicht!" löst einen Schauer des Selbstmitleids aus.

Die Einbahnstraße am Firmengebäude ist mal wieder kreuz und quer zugeparkt. „Können die nicht so parken, dass andere auch noch einen Parkplatz finden?" Meter um Meter entferne ich mich. Ich fluche, denn das muss ich alles gleich zurückhumpeln. Ich schlage auf das Lenkrad und fahre um die nächste Kurve.

Ein skurriles Bild reißt mich aus meinen Gedanken. Ich verlangsame die Fahrt und halte an. Mit offenem Mund sitze ich im Auto. Einige Meter vor mir schiebt eine ältere Dame mit wenigen, dünnen Haaren einen braun-blauen Kinderwagen. Ihr Name ist Frida Stein und sie wohnt ganz in der Nähe. Von einer Kollegin weiß ich, dass sie Krebs hat. Wohl einer von der bösartigen Sorte.
Im Kinderwagen sitzt ein zitternder Pudel, der in eine karierte Wolldecke gewickelt ist. Seine alten Hüften sind wahrscheinlich kaputt, denn an seinen schwerfälligen Gang – mal auf drei, dann wieder auf vier Beinen – bei der letzten Begegnung kann ich mich gut erinnern.

Frida Stein bleibt stehen, blickt sich zu mir um und lächelt. Sie schiebt den Kinderwagen über die Straße und flüstert dem Hund etwas zu. Was auch immer sie ihm sagte, der Pudel schaut durch seine grauweißen Stirnlocken in meine Richtung und scheint mir ebenfalls zuzulächeln.

Frida Stein und der Pudel sind schon lange nicht mehr zu sehen, als ich – nach wie vor mit einem Kloß im Hals – von wütend klingenden Hupen hochschrecke und wie paralysiert weiterfahre.

Der Blick von Frida Stein taucht noch heute vor mir auf, wenn ich denke: „Das Leben ist ungerecht!"

Michael Behn

~~~

„Der Mensch liebt es, nur sein Unglück zu beachten, sein Glück aber zu übersehen.
Würde er aber richtig sehen, so würde er erkennen, dass ihm beides beschert ist. "

Fjodor Michailowitsch Dostojewskij,
* 1821, † 1881, russischer Schriftsteller

~~~

21 Miss Rose und der Bahai auf Reisen

Miss Rose wohnte einst bei einem Anhänger des Bahai-Glaubens. Ein gottesfürchtiger Mann, dessen Rat in seiner Gemeinde geschätzt wurde. Er hieß Sahid Batun und war Mitglied des örtlichen Geistigen Rates. Vieles, was in seiner Religion als Verhalten gefordert wurde, fand Wohlgefallen bei Miss Rose. Zudem war Sahid ein einfacher Mann, der kaum etwas zu seiner Zufriedenheit brauchte. Miss Rose hatte schon immer größeres Vertrauen zu Menschen gehabt, die nur wenig bedurften.

Eines Tages hörte ein Urlauber von dem weisen Bahai in der Stadt und stand unangemeldet vor Sahids Tür. Sahid bat ihn in die kleine Wohnung herein und bot dem Fremden einen Platz auf einer schmalen Holzbank an.

Der Gast blickte sich in dem kärglich eingerichteten Raum um. Offenkundig diente dieser gleichzeitig als Wohn-, Arbeits- und Schlafzimmer. Auch das Körbchen von Miss Rose stand in der Ecke, natürlich dicht an dem gusseisernen Ofen.

Als Miss Rose mir diese Geschichte (die eigentlich recht kurz ausfällt) erzählte, schweifte sie – wie so oft – zum Essen ab. Sie beklagte sich, dass der Bahai-Weise, dem sie ja ansonsten sehr zugetan war – sie hatte selten ein so mitfühlendes Wesen in ihrem langen Leben treffen dürfen – nun ja, dass dessen Verköstigung ihrer Person doch sehr zu wünschen übrig ließ. Meist gab er ihr nur in Milch eingeweichte Brotreste mit einem Schälchen Wasser.

Ihre Fleischration musste sie sich selbst fangen. Dazu mühte sich der nicht mehr ganz junge Sahid jeden Tag zusammen mit ihr fünf Stockwerke zum Dachgeschoss hinauf.

Oben angekommen musste er stets eine Weile verschnaufen, bevor er ihr die Dachbodentür aufschließen konnte.

Der Dachboden wimmelte vor Mäusen. Natürlich verschwanden diese erst einmal in ihren Löchern, wenn sich die knarzende Dachbodentür öffnete. Doch Miss Rose hatte mehrere tausend Jahre Erfahrung bei der Jagd und so brauchte sie nie lange, um sich ihr Tagesmahl zu fangen.

Ihr Vorgehen war stets dasselbe: Sie hockte sich regungslos auf einen bestimmten Balken der Dachkonstruktion. Dort verharrte sie in tiefer Stille und ließ sogar ihren Atem ganz leise werden. Diese Technik hatte sie bei einem Yoga-Meister gelernt. Sie genoss die daraus folgende innere Ruhe. Zudem liebte sie die wärmenden Strahlen der Sonne auf ihrem Fell, die durch ein halbrundes Fenster auf diesen Balkenplatz fielen.

Es dauerte nie lange und die kleinen Nager kamen wieder aus ihren Löchern. Aus ihrer erhöhten Position reichte Miss Rose ein einziger Sprung und ihre Portion Fleisch war für diesen Tag gesichert.

Der Verzehr der Beute ging ebenfalls schnell vonstatten. Sie hat es sich schon vor 700 Jahren abgewöhnt, mit ihrem Essen zu spielen.

Sahid wartete dabei stets geduldig vor der Tür. Immer wenn sie herauskam, ...

„Entschuldigen Sie, Miss Rose", unterbrach ich damals die unsterbliche Katzendame bei ihrer Schilderung, „was war denn nun mit dem Urlauber. Wollten Sie nicht eigentlich dessen Geschichte erzählen?"

„Ach der", entgegnete Miss Rose ein wenig pikiert, „der wunderte sich, warum sich in der Wohnung nur ein paar

Bücher und eine Bank befanden. Er fragte Sahid, wo denn seine Möbel wären."

„Und was hat der Bahai geantwortet?"

„Er hat zunächst einfach zurück gefragt: ‚Wo sind denn Ihre?'" Miss Rose erhob sich und machte einen ausgiebigen Buckel. Der Urlauber entgegnete verwirrt: „Meine Möbel? Ich bin doch nur auf der Durchreise."

Miss Rose sprang vom Sessel, trat an die Katzenklappe und murmelte kaum hörbar: „Da hat Sahid ihm geantwortet: ‚Genau wie ich auch.'"

Mit diesen Worten verschwand sie durch die Klappe in den Garten – um eine Maus zu fangen.

(auf-)geschrieben von Peter Bödeker

~~~

„Bescheidenheit ist der Zaun der Weisheit."

aus Israel

~~~

22 Der Brunnenfrosch

Ein Frosch lebte in einem seichten Brunnen.

„Schau her, wie gut es mir geht!" sagte der Frosch zu einer Riesenschildkröte, die in der Östlichen See lebte.

„Wenn ich gut gelaunt bin, springe ich auf den Brunnenrand. Bin ich müde, lege ich mich in einer Spalte des Brunnens schlafen. Manchmal tummle ich mich im Wasser und stecke den Kopf hinaus oder spaziere knöcheltief durch den weichen Schlamm. Keine Krabbe, keine Kaulquappe kann sich mit mir vergleichen! Warum hast du dich nicht schon lange einmal sehen lassen und dich hier im Brunnen erholt?"

Ehe die Schildkröte den linken Fuß in den Brunnen gesetzt hatte, blieb sie mit dem rechten bereits irgendwo stecken. So hielt sie inne und wich erst einmal einige Schritte zurück, bevor sie zu sprechen begann:

„Kennst du das Meer? Es ist über tausend Meilen breit und zehntausend Fuß tief. In neun von zehn Jahren hat es früher Überschwemmungen gegeben, aber der Wasserspiegel des Meeres ist nicht gestiegen. Später gab es in sieben von acht Jahren große Dürre, aber das Wasser des Meeres ist nicht weniger geworden. Durch alle Zeiten blieb es gleich.

Deshalb, mein Freund, bin ich glücklicher Bewohner der weiten See."

Da war der Brunnenfrosch vor Staunen starr.

aus China

~~~

„Wir leben alle unter dem gleichen Himmel, aber wir haben nicht alle den gleichen Horizont."

Konrad Adenauer, * 1876, † 1967,
deutscher Politiker

~~~

23 Der wahre Wert

Ich habe mich seit Monaten nicht mehr richtig gefreut. Früher beglückten mich gute Bücher, meine zwei Kinder, Kinofilme, Skatrunden, das Fotografieren ... Warum das alles seinen Reiz verloren hat? Das kann ich gar nicht so genau sagen, aber ich habe einen Verdacht ...

Ok, es läuft nicht alles optimal in meinem Leben, das ist offenkundig. Letzte Woche bin ich 43 geworden und ich finde seit gut einem Jahr – trotz mancherlei Bemühungen – keine Anstellung. Ich fürchte mittlerweile, meine Frau und meine Freunde halten mich für wertlos. Nur meine Kinder zeigen weiter Interesse, aber das lässt auch schon nach. Ich bin nicht mehr so lustig wie früher, meinten sie neulich.

Meine Entscheidung vor drei Jahren war mit einem gewissen Risiko verbunden, doch bin ich deshalb für niemand mehr etwas wert? Nur weil ich einmal gescheitert bin?

In den Streitigkeiten mit meiner Frau frage ich mich immer öfter: Sollten wir uns besser trennen? Wie konnte es so weit kommen?

Ich hatte mit Ende 30 meine Festanstellung als Art Director in einer Werbeagentur aufgegeben, um selbst produzierte Poster zu verkaufen. Meine Idee, Weisheitssprüche alter Philosophen mit Aussagen moderner YouTuber zu verbinden und das Ganze mit ebenso zweigeteilten Bildern zu hinterlegen, war der Knaller. Die Verkäufe über eBay hoben mich innerhalb von zwei Monaten in den Rang eines Powersellers. Das hatte mich zum Schritt in die Selbständigkeit ermutigt.

Im ersten halben Jahr verdiente ich so viel Geld wie in zwei Jahren in der Agentur. Wir saßen sogar samstags bis 23 Uhr und haben die Poster versendet.

Doch dann kamen die Nachahmer und die Preise für die Poster sanken bei eBay unter unseren Einkaufspreis. Die Konkurrenten hatten die Frechheit, meine Bilder fast identisch zu klonen, jedenfalls war die dahinterliegende Idee gleich. Dennoch hatte ich bei zwei Prozessen vor Gericht verloren. Für mehr Anwaltsbeschäftigungsmaßnahmen hatte mein Geld nicht mehr gereicht. Irgendwann war es so weit, dass ich die Seite von eBay nicht mehr aufrufen konnte, ohne dass sich mein Brustkorb zusammenzog. Würde wieder ein neuer Konkurrent die Preise kaputt machen?

Mittlerweile bewerbe ich mich seit anderthalb Jahren in Firmen und Agenturen, um dort wieder als Angestellter kreativ tätig sein zu können. Doch ohne Beziehungen scheine ich keine Chance in meinem Alter zu haben. Das gibt zwar keiner der Arbeitgeber direkt zu, aber mein vom Arbeitsamt bezahlter Coach hat mir offenbart, dass in meinem Bereich die Bewerber mit einem Alter von über 35 ungesehen von der Sekretärin ausgemustert werden. Nur über Vitamin B sei da etwas möglich. Daran arbeite ich jetzt, aber alle wissen von meinem Scheitern mit den Postern. Das schwebt wie eine dunkle Wolke über mir. Von selbst macht mich jedenfalls keiner auf freie Stellen in seiner Firma aufmerksam.

Nicht, dass jetzt ein Missverständnis aufkommt. Die Jobprobleme und die Streitigkeiten mit meiner Frau werfen mich nicht zu Boden. Ich sage mir immer: Es wird schon weitergehen, irgendwann öffnet sich eine Tür. Ich lasse den Kopf nicht hängen. Nebenher gestalte ich das Theatermagazin unserer Stadt und entwerfe für Firmen vor Ort Visitenkarten und Geschäftspapiere. In der nächsten Woche habe ich sogar meine erste Vernissage mit meinen Postern. Zwar nur eine kleine Galerie, mehr als zwei Absätze war die Ankündigung in der heimischen Zeitung nicht lang, aber immerhin mit Foto und in der Samstags-Ausgabe.

Dennoch lache ich nicht mehr. Ich habe das Gefühl, ich habe nichts mehr zu lachen. Leiste nicht genug, um lachen zu dürfen. Alles um mich herum raunt mir zu: Du hast es nicht verdient, ausgelassen zu sein!

Meine Frau musste bei der Arbeit aufstocken, damit unsere kleine Familie mit zwei Kindern das Haus nicht verkaufen muss. Sie macht ihre Arbeit gern, das ist nicht das Problem. Aber auf einmal fängt sie an, alles Mögliche an mir störend zu finden. Mal ist der Fernseher zu laut, mal gebe ich bei anderen Peinlichkeiten von mir, mal sollte ich mich mehr mit Politik beschäftigen, mal das Bad sauberer hinterlassen. Alles für sich genommen nachvollziehbar, aber in der Gesamtbetrachtung erscheint es mir, als ob sie in mir nur noch einen Flickenteppich aus Schwächen sieht.

Sie leugnet das, nein – ich soll mich mal nicht so haben, ich bin wohl nicht kritikfähig, ich igle mich in meiner Künstlerwelt ein. Sie hätte mit ihrer besten Freundin gesprochen und auch die habe gestanden, das Kauen mit offenem Mund würde sie bei einem Mann schrecklich nerven. Natürlich schätze sie mich noch. Natürlich ...

Aber warum haben wir uns seit vier Wochen nicht mehr geküsst? Warum bewegt sich das Stimmungsbarometer nur noch zwischen neutral bis irgendwas stört mich?

Ich denke, das Problem mit meiner Frau wird sich mit einer neuen Anstellung erledigt haben. Doch auch meine Freunde legen keinen Wert mehr auf meine Gesellschaft. Jeder geht nur seiner Arbeit nach, abends noch ein wenig in Familie und dann ab vor die Glotze. Heute treffen? Bin zu müde – vielleicht in zwei Wochen am Freitag? Aber ich weiß, dass er gestern mit den Arbeitskollegen zum Sundowner in der City war. Und das will mein bester Freund sein. Was ist das für ein bester Freund, mit dem man sich nur einmal im

Monat auf ein paar Bier trifft, obwohl man weniger als eine Viertelstunde auseinander wohnt?

Ich werde immer unsicherer. Ja, das trifft es. Ich bin mir meiner selbst und auch der Wertschätzung aller anderen unsicher.

Ich frage mich: Muss ich vielleicht in meinem Alter darauf verzichten, so richtig gemocht zu werden? Ist das normal und darum einfach zu akzeptieren, dass alle neben dem Job lieber ihre Ruhe haben wollen? Oder bin ich es, der einfach nicht nett genug, nicht interessiert genug, nicht erfolgreich genug ist, sodass andere gerne mit mir zusammen sind? Kann ich daran überhaupt etwas ändern? Oder erlebe ich gerade einfach, dass ich alt werde? Geht sowas damit einher?

Monika ruft an. Mit ihr tausche ich mich aus. Sie erzählt von einem älteren Mann, der in einem Schrebergarten wohnt. Sie wisse, dass er ab und an von Menschen Besuch erhält, die seinen Rat suchen. Er sei so etwas wie ein Weiser. Sie nennt mir die Adresse.

Die Kinder sind bei Freunden und kommen erst zurück, wenn meine Frau zuhause ist. Ich habe also frei und breche umgehend auf.

Der Alte ist ganz schön schwer in diesem baumüberfluteten Gartenlabyrinth zu finden. Eine halbe Stunde bin ich umhergeirrt, bevor mir endlich jemand weiterhelfen konnte. Jetzt stehe ich vor der kleinen Hütte des Alten. Ich bewundere das Vordach, welches aus dünnen Baumstämmen künstlerisch zusammengesetzt ist. Wirklich ansprechend. Überall stehen Schalen mit Kräutern, Gartenfiguren und Kerzenbehältnisse. Der Alte mag es gemütlich und er hat ein Händchen fürs Dekorieren. Ich klopfe an.

Manchmal bin ich ganz schön leichtgläubig. Vor einer Stunde klopfte ich an die Tür des Alten und jetzt stehe ich auf dem Flohmarkt in der Winzergasse und versuche, ein einziges Bild zu verkaufen. Eine Bleistiftzeichnung von einer alten Wassermühle, eine Wiese davor. Ein Wanderer scheint gerade bei der Mühle anzukommen. Es gefällt mir. Nur rechts unten prangt ein störender Fettfleck.

Der Alte hatte sich meine Klage angehört und mir statt einer Antwort diese Zeichnung in die Hand gedrückt. Zuerst hatte er ein Blatt Papier darüber gehalten, in dessen Mitte ein Rechteck ausgeschnitten war. So konnte man nur jeweils einen Teil des Bildes sehen. Wir stellten fest, dass der jeweilige Ausschnitt den Eindruck machte, als hätte der Maler undeutlich gezeichnet. Manchmal fehlte ein Strich, ein anderer schien falsch gesetzt. Doch als er das Papier wegzog und das Bild sich als Ganzes zeigte, wirkte es stimmig und ich bekam sofort Lust, mal wieder die Alpen aufzusuchen.

Ich verstand, worauf der Alte hinaus wollte. Er bestätigte mir dies mit den Worten: „Deine Frau und auch du selbst müssen lernen, das gesamte Bild zu betrachten. Und da seid ihr wunderschön."

Wenn da nicht der Fettfleck wäre, ergänzte ich in Gedanken.

Mehr wollte der Alte nicht sagen, aber er stellte mir eine Aufgabe: Ich sollte doch gleich mal versuchen, die Zeichnung für mindestens 100 Euro auf dem Flohmarkt zu verkaufen. Danach sollte ich wieder zu ihm kommen.

Nachdem ich drei Stunden erfolglos auf dem Flohmarkt ausgeharrt habe, brechen alle um mich herum ihre Zelte ab. Die Mittagszeit ist vorbei und damit endet der Flohmarkt. Wie aus dem Nichts taucht da noch ein junger Mann mit Rasterlocken – Typ Philosophiestudent – vor meinem Stand auf und zeigt Interesse am Bild. Musternd nimmt er es in die Hand, ich setze mein Pokerface auf. In mir drinnen bin ich gespannt. Würde ich die Zeichnung doch noch loswerden? Hätte ich dann eine Aufgabe bestanden?

„Für fünf Euro würde ich das Papierchen mitnehmen."

Frustriert gebe ich meinen Stand auf und bringe dem Alten das Bild zurück.

„Was sollte mir dieser Versuch zeigen?", frage ich. „Wollt Ihr mir sagen, dass ich mittlerweile auch nichts mehr wert bin, genau wie das Bild? Obwohl ich in der Gesamtbetrachtung noch ganz nett anzuschauen bin?"

Statt einer Antwort schickte mich der Alte erneut los. Diesmal in die Nobel-Galerie in der Fußgängerzone. Ich sollte dort einen Schätzwert für das Bild einholen, es aber diesmal auf keinen Fall verkaufen.

Jetzt stehe ich vor dem riesigen Schaufenster der Kunsthandlung. Die Preise der ausgestellten Bilder beginnen im fünfstelligen Bereich. Ich blicke zweifelnd auf meine Bleistiftzeichnung. Wenn der Fettfleck nicht wäre ... der Maler – wer auch immer es war – konnte durchaus zeichnen. Mir gefiel das Bild immer mehr, aber hier würde ich mich lächerlich machen. Da war ich mir sicher.

Dennoch ... der Alte hat was. Er strahlt etwas aus, das ich bisher noch nicht kannte. Schwer zu beschreiben. Wenn er mich anschaut, fühle ich mich wohl. Geborgen. Und ich bin neugierig, was er mit diesem Bild im Schilde führt. Darum spiele ich weiter mit. Entschlossen drücke ich die robuste Glastür auf.

Mit so einer Reaktion habe ich nicht gerechnet. Der Verkäufer schaute auf meine Frage, was denn dieses Bild wert sei, zunächst skeptisch an mir hinunter. Als er aber die Zeichnung in Händen hält, holte er sofort eine Lupe hervor. Seine Hände beginnen zu zittern. Er murmelt den Namen eines Künstlers, von dem ich noch nie etwa vernommen hatte. Dann zieht er einen Laptop hervor und geht ins Internet. Er blickt zu mir hoch: „Hiernach gehört das Bild" – er nennt den Namen des Alten, den ich aufgesucht hatte.

Ich nicke. „Ja, der alte Herr bat mich, das Bild bei Ihnen schätzen zu lassen."

Dann geleitet mich der Verkäufer nach hinten und serviert eine Tasse Kaffee. Sein Tonfall ist ein Hauch zu freundlich. Ob ich kurz Zeit hätte, er müsse nur eben den Inhaber anrufen.

Ich habe. Die anderen Kunden im Laden scheinen den Verkäufer nicht mehr zu interessieren.

Nach einer Viertelstunde war er zurück und offenbarte mir, dass die Galerie bereit sei, 60.000 Euro für das Bild zu zahlen. Er deutete meine starre Verblüffung wohl fehl, denn er ergänzte hektisch: „Ich weiß, bei einer Auktion könnte das Bild deutlich mehr erzielen, aber die Galerie würde ihnen dieses Risiko abnehmen und würde schließlich sofort bezahlen."

„Aber der Fettfleck?"

Der Verkäufer lacht auf: „Sein Fingerabdruck, das Markenzeichen des Künstlers. Es ist ein Wachsabdruck seines Daumens, da findet sich wahrscheinlich sogar seine DNA. Ohne den wäre das Bild viel weniger wert. Sammler zahlen das 10-fache für Bilder dieses Künstlers, welche den Daumenabdruck tragen."

Verdattert stammele ich, dass ich das Angebot an den Besitzer überbringen werde. Ich frage noch nach einer Schutzhülle für das Bild, ich mochte es nicht mehr einfach so in den England-Bildband schieben, wie ich es auf dem Herweg getan hatte.

Nachdenklich radele ich zurück zur Hütte im Schrebergarten und trete nach kurzem Klopfen ein. Ich betrachte den Alten, wie er mich lächelnd von der Küchenbank aus ansieht. Warum lebt er hier in dieser winzigen Hütte? Ich frage spontan nach, doch er geht gar nicht auf meine Frage ein.

Stattdessen sagt er: „Den wahren Wert des Bildes hat nur der Fachmann erkannt. Du gehst durch dein Leben und erwartest, dass jeder Mensch deinen wahren Wert erkennt. Das haben die meisten Menschen aber längst verlernt. Oder sie haben gar nicht mehr die Zeit, dich so gut kennenzulernen."

Ich denke über seine Worte nach. Er ergänzt: „Nimm den Daumenabdruck auf dem Bild. Wenn Menschen diesen scheinbaren Fettfleck sehen, verblasst für die meisten der gesamte Rest des Kunstwerkes. Bei dir könnte dein geschäftlicher Misserfolg dieser vermeintliche Fettfleck sein. Dabei kann aus dem Scheitern eines Menschen etwas ganz Wertvolles erwachsen."

Ich habe eine Idee: „Also muss ich die anderen zu Fachleuten von mir machen, wenn ich Wertschätzung erwarte? Nach dem Motto: Tue Gutes und spreche darüber? Selbstmarketing?"

Der Alte blickt zu Boden, scheinbar seine nackten Zehen betrachtend. „Ich würde woanders ansetzen."

„Und wo?"

Der Alte blickt hoch und legt seine runzelige Hand auf meine Schulter. Er sagt: „Die wichtigste Person, die du von dir überzeugen musst, bist du selbst. Wenn du dich selbst wertschätzt, wirst du dies auch von anderen erfahren. Andersherum kannst du die anderen vielleicht kurzfristig blenden. Jedoch niemanden, der dir nahesteht."

Auf dem Nachhauseweg schiebe ich das Fahrrad. Der Alte hat mir frische Hoffnung gegeben. In meinem Rucksack befindet sich das sicher verpackte Bild mit dem Daumenabdruck. In drei Monaten möchte der Alte die Zeichnung zurück haben und dann will er hören, wie es mir bis dahin ergangen ist. Ich bin selbst neugierig. Hoffnungsvoll neugierig.

Peter Bödeker

~~~

„Drei Dinge helfen, die Mühseligkeiten des Lebens zu tragen: Die Hoffnung, der Schlaf und das Lachen."

Immanuel Kant, * 1724, † 1804, deutscher Philosoph

~~~

24 Die Angst vor dem Loslassen

Einst wanderte ein Mann unbekümmerten Geistes durch eine prachtvolle Bergwelt. Er erfreute sich an den unbekannten Kräutern und Blumen, die sich im Gras und zwischen den Ritzen der Felsen dem Sonnenlicht entgegen reckten.

So vergingen mehrere Stunden und mit einem Mal merkte der Mann, dass er sich verirrt hatte. Mit Sorge betrachtete er die Sonne, die nur noch zur Hälfte über den gegenüberliegenden Gipfel ragte. Um ihn herum wurde es still und dunkel.

Das Problem war, dass es hier oben so hügelig war und die Sicht nur bis zur nächsten Kuppe reichte. Zudem sahen die kleinen Wiesenstücke zwischen den Felsen doch alle recht ähnlich aus. An diesen konnte er sich auch nicht orientieren.

Manchmal dachte der Mann, er hätte den Rückweg gefunden, doch jedes Mal kam er an eine charakteristische Felswand oder einen auffälligen Stein, betrachtete diese und war sich sicher, hier noch nicht vorbei gekommen zu sein.

Dann wurde es völlig dunkel. Der Mann setzte seine Schritte nun sehr vorsichtig, da er nicht mehr sah, wohin er trat. Aber dennoch ... plötzlich war nur noch Luft unter dem linken Fuß, der Mann konnte seine Vorwärtsbewegung nicht stoppen und er fiel einen Abgrund hinab.

Noch im Fallen konnte er sich an einer Wurzel festklammern, so dass er mit den Beinen in der Luft über der Schlucht hing. Die Wurzel schien sein Gewicht problemlos zu tragen. Er dankte allen Göttern für diesen Halt. Sein Leben war vorerst gerettet.

Doch die Nacht wurde kalt und die Finger des Mannes begannen zu schmerzen. Mit Schrecken wurde ihm gewahr, wie die linke Hand zu zittern anfing. Auch seine Schultern bereiteten ihm große Schmerzen. Der Mann flehte Gott um Hilfe an, doch die Pein wurde immer schlimmer.

Von irgendwo erscholl der Schrei einer Eule über das Tal. Der Mann dachte mit einem Anflug unendlicher Trauer, dass dies wohl der letzte Ton war, den er auf dieser Welt hören würde. Er weinte hemmungslos. Die Wurzel rutschte ein Stück durch seine Finger, nun hielt er sich nur noch an den Fingerkuppen.

Wie hatte er nur Kummer in dieser Welt empfinden können? Wieso hatte er nicht jede Sekunde vor Dank über das Leben jubiliert? Er würde so gerne weiterleben ...

Mit einem schabenden Geräusch entglitt dem Mann die Wurzel völlig aus den Händen. Er fiel in die Tiefe ... und landete unmittelbar auf einem Felsvorsprung, der sich offenkundig die ganze Zeit nur wenige Zentimeter unter ihm befunden hatte.

Im Sternenlicht erkannte der Mann, dass neben ihm ein schmaler Pfad verlief. Doch er beschloss, erst den kommenden Tag abzuwarten, bevor er weitergehen würde.

Am nächsten Morgen erwachte der Mann bitterlich frierend, aber voller nie gekannter Freude. Er streckte die steifen Glieder und schritt vorsichtig den engen und leicht nach unten geneigten Pfad entlang, der nach einer langgezogenen Kurve in einen gut begehbaren Wanderpfad überging. Innerhalb weniger Minuten erblickte er die ersten Häuser zwischen den Tannenzweigen.

nacherzählt von Peter Bödeker

~ ~ ~

„Sorge wehrt nicht,
sie versehrt und zehrt."

William Shakespeare, * 1564, † 1616,
englischer Dichter und Dramatiker

~ ~ ~

25 Das letzte Geschenk

Großmutter fiel aus dem Rahmen. Gäste empfing sie liegend – auf ihrem Diwan. Stets glomm dabei eine schwarze Zigarettenspitze zwischen Zeige- und Mittelfinger. Ganz Greta Garbo.

Keine Familienfeier, auf der Omi meiner Mutter nicht durch einen anzüglichen Witz die Schamesröte ins Gesicht getrieben hätte. Sogar Vater stand mitunter der Mund offen.

Ich liebte meine Großmutter. Über alles!

Jedes Jahr freute ich mich auf das Weihnachtsfest, denn wir feierten bei Omi. Sie schmückte ihr ganzes Haus mit roten Kugeln, Marmorengeln und kleinen Schneemännern. In jeder Fensterbank fanden sich sattgrüne Tannenzweige, die mit Zapfen, Kügelchen und Nüssen verziert waren. Es glitzerte und blinkte überall, dass die Augen weh taten. Ein Anblick, von dem jedes Kind träumt.

Und dann die Geschenke! Großmutter hatte Geld. Sie kaufte mir immer das, was Mama und Papa sich nur schwer leisten konnten. Riesige, wunderschöne Geschenke, die kaum in unser Auto passten. Mal ein Schaukelpferd, mal eine große Puppe, ein Kaufmannsladen, eine Eisenbahn ...

Am Weihnachtsfest in meinem zehnten Lebensjahr sollte sich dies alles ändern. Nichts währt ewig, alles hat seine Zeit. Das lernte ich damals.

„Ihr müsst wissen, dass es Großmutter nicht gut geht", sagte Vater, bevor wir am Heiligabend vormittags losfuhren.

Ich verstand gar nicht, was er damit meinte. Aber so schlimm würde es schon nicht sein ...

Bei Omi war es eigentlich wie immer. Jede Ecke und jeder Winkel des Hauses erinnerten daran, dass Weihnachten war. Aber eines war anders. Der Weihnachtsbaum. Besser gesagt: Der Platz unter dem Baum. Da lagen gar keine bunt eingepackten Geschenke.

Nur ein beiger Pappkarton, etwas größer als ein Schuhkarton, auf dem mit roten Buchstaben mein Name stand. Ich machte ihn voller Vorfreude auf, doch das hatte ich nicht erwartet: Der Karton war völlig leer und ich völlig enttäuscht.

Hatte ich etwas Böses getan? Großmutter verärgert? Was konnte ich Schlimmes gemacht haben, dass ich kein Geschenk mehr verdiente?

Da trat Omi an meine Seite und legte ihre Hand auf meine Schulter. Großmutters Hand war ganz leicht, wie die Pfote unserer Katze.

Sie sagte mir leise: „Das, was in diesem Karton ist, kannst du weder sehen noch anfassen, riechen oder schmecken. Doch es wird dich beschützen, dir Geborgenheit schenken, dich stark machen und dir immer dann helfen, wenn du Hilfe brauchst.

Es wird dein ganzes Leben lang halten. Von allen Geschenken, die du von mir bekommen hast, wirst du dich irgendwann nur noch an dieses erinnern."

Ich blickte auf und fragte: „Was ist denn in dem Karton, Großmutter?"

Eine Woche später ist meine Oma gestorben.

Sie hat Recht behalten. Von den vielen, vielen Geschenken, die sie mir in meiner Kindheit gemacht hat, ist mir nur dieses geblieben: Ein ausgeblichener und ausgefranster Karton, der aber das schönste Geschenk der Welt in sich trägt: Die Erinnerungen an meine Kindheit mit meiner Großmutter.

Quelle: unbekannt
nacherzählt von Peter Bödeker

~~~

„Monde und Jahre vergehen,
aber ein schöner Moment
leuchtet das Leben hindurch."

*Franz Grillparzer, * 1791, † 1872,
österreichischer Schriftsteller*

~~~

26 Marks List gegen seinen Schweinehund

Dies ist die Geschichte von Mark, der fest entschlossen war, endlich etwas zu ändern. Er wollte Sport treiben und sich besser ernähren. An seinen Kühlschrank heftete er einen roten Zettel, auf dem zu lesen war: „Ich werde täglich 30 Minuten laufen und nur noch Obst und Gemüse essen!"

Er wusste um die Stärke seines Schweinehundes, aber diesmal hatte Mark eine List.

Am ersten Tag quälte Mark sich eine halbe Stunde früher aus dem Bett. Nicht sonderlich überzeugt startete er auf seiner neuen Laufstrecke. Nach zehn Minuten blieb ihm bereits die Luft weg, seine Muskeln verkrampfen sich. Abgekämpft erreicht er sein Ziel, er war stolz auf sich. Beim Frühstück gönnte er sich eine Scheibe Wurst mehr. Erst hinterher fielen ihm Obst und die Nüsse ein.

Am nächsten Tag regnete es in Strömen und sein Muskelkater ... „Heute geht es wirklich nicht! Ich habe ja die wichtige Besprechung. Morgen ist auch noch ein Tag."

Am Abend war Mark frustriert, dass es morgens nicht geklappt hatte. Er appellierte an sich und seinen eisernen Willen. Aber sein Schweinehund lachte nur. Je mehr Mark die Zähne zusammen biss, desto leichter konnte sein Schweinehund ihm ein Bein stellen.

„Wie nur werde ich fertig mit diesem Biest?", überlegte Mark. Er ging durch seine kleine Wohnung und blieb am Bücherregal stehen. Während sein Blick über die Buchrücken schweifte, erinnerte er sich an ein Buch, das er kürzlich gelesen hatte. Am Ende eines Kapitels stand als Fazit: „Wenn Du Deinen Feind nicht besiegen kannst, dann mache ihn Dir zum Freund."

Das war ein verrückter Gedanke, aber er gefiel ihm. Einen Versuch war es wert.

Mark fing an, mit seinem Schweinehund zu reden. Er erklärte ihm, welche Vorteile auch er davon hätte, wenn sie zusammen 5 kg leichter wären.

Er beteiligte seinen Schweinehund an seinen Aktivitäten. Seine Ziele steckte er nicht mehr ganz so hoch. Er belohnte sich und seinen neuen Freund, wenn sie etwas erreicht hatten. Kleine Ausrutscher warf Mark sich und seinem Schweinehund nicht mehr vor.

Er hatte seinen Schweinehund nicht besiegt, sondern ihn zu seinem Freund gemacht und irgendwie funktionierte es besser.

Michael Behn

~~~

„Kannst Du Deinen Feind nicht
besiegen, umarme ihn."

Chinesisches Sprichwort

~~~

27 Conor und das Geheimnis der wichtigsten Wahrheit

Einst lebte ganz im Osten Irlands ein 30-jähriger Mann namens Conor, der seit seiner Jugend auf der Suche nach dem Geheimnis der wichtigsten Wahrheit war. Dieser Conor hatte als Junge im Wald hinter seinem Dorf einen Druiden getroffen. Es war um Mittsommer herum. Der Druide saß unter einer irischen Eiche, die laut den Sagen jene Zeit von Anfang Juni bis Mitte Juli beherrscht.

Der alte Mann hatte nach dem Jungen gerufen und Conor war unsicher hinüber gegangen. Der Druide konnte nur noch leise sprechen, Conor musste sich zu ihm hinunter bücken. Er flüsterte ihm ins Ohr, dass ein Geheimnis der wichtigsten Wahrheit existiere, dass nur sehr wenige Menschen auf Erden dieses Geheimnis kennen würden und dass er, Conor, sobald er ins Erwachsenenleben eintreten würde, danach suchen müsse.

Am nächsten Tag war der Druide verschwunden und kein Bewohner der Umgebung hatte je von ihm gehört.

Die gewisperten Worte blieben dem jungen Conor all die Jahre im Kopf und sobald er volljährig wurde, machte er sich auf die Suche, das Geheimnis der wichtigsten Wahrheit zu finden. Diese Suche sollte alles verändern.

Conor verzichtete auf höhere Schulbildung, auf einen ansehnlichen Beruf, hatte nur kurze Beziehungen und gab mit 17 sogar sein geliebtes Eishockeyspiel auf. Nichts davon vertrug sich mit der aufwendigen Suche nach dem Geheimnis. Conor lebte die ersten Jahre seines Erwachsenendaseins von Gelegenheitsjobs, mehr als um davon von der Hand in den Mund zu leben nahm er nie ein.

Nachdem er Hunderte von Büchern gelesen hatte, kannte er zahlreiche – angebliche – Geheimnisse. Doch immer war es so, dass sich der Wahrheitsgehalt dieser Geheimnisse nicht überprüfen ließ. Conor erkannte: Mit Büchern würde er nicht das Geheimnis der wichtigsten Wahrheit erfahren. So ging er in die weite Welt Irlands hinaus.

Immer wieder traf er bei seiner Suche auf Menschen, die behaupteten, das letzte Geheimnis zu kennen. Stets lauschte er dann gespannt ihren Worten, besuchte ihre Predigten, ihre Unterrichtsstunden oder lauschte ihren Reden in den gut besuchten Pubs der großen Städte. Doch immer wieder wendete er sich irgendwann enttäuscht ab, denn jedes Mal handelte es sich um Lügner, Verwirrte oder vermeintliche Weise, die nur nachplapperten, was ihnen irgendein anderer „Guru" zuvor verkündet hatte.

Einer hatte ihm das ganz offen gestanden. Conor hatte den Weisheitslehrer in einer Kneipe frühabends getroffen. Kurz vor der Sperrstunde und einige Gläser später hatte der „Weise" eine Flasche Whiskey alleine ausgetrunken. Beim Hinausgehen hatte er Conor in den Arm genommen und gelallt: „Du bist ein feiner Kerl, Conörchen, darum geb ich dir einen Rat: Mach es wie ich. Such dir ein esoterisches Buch, schmücke es aus und verkünde eine neue Wahrheit. Dumme findest du überall. Es lohnt!"

Conors Eltern waren schon völlig verzweifelt. Sie meinten, dass er sein Leben verschwenden würde. Wenn er noch älter würde, hätte er bald gar keine Chance mehr in der Arbeitswelt.

Mit Erreichen des dreißigsten Lebensjahres kamen auch bei Conor die Zweifel. Was war das für ein Leben, das er lebte? Sollte er sich nicht langsam eine Arbeit suchen? Endlich ein Studium beginnen? Jagte er einem Phantom hinterher? Doch noch hielt er an seinem Ziel fest. Wenn er die Augen schloss und alles um ihn herum völlig ruhig war, konnte er die gewisperten Worte des Druiden weiterhin hören. Ein wenig würde er noch weitersuchen ...

Wieder näherte sich die Zeit von Mittsommer. Conor wanderte mit staunenden Augen durch die wilden Karstflächen des Burren. Überall lagen Felssteine herum. Um nicht zu stolpern, hielt er seinen Blick gen Boden gesenkt. Fast hätte er den Alten übersehen, der mit einer Pfeife im Mund auf der Trockenmauer einer Kirchenruine saß und über den weiten Strand zum Meer schaute.

Conor lenkte seine Schritte auf den Alten zu. „Kennt ihr vielleicht einen weisen Menschen in dieser Gegend, der das Geheimnis der wichtigsten Wahrheit kennen könnte?", fragte er ohne große Hoffnung. Wie vertraut ihm diese Frage mittlerweile war. Irgendwie gehörte sie zu ihm, war Teil seines Lebens.

Weil der Alte nicht antwortete, beschloss Conor, durch die Reste der Kirchenmauern hindurch weiterzuziehen. Solche verfallenen Bauwerke waren in Irland nie weit. Er war schon fast durch einen freistehenden Torbogen geschritten, als ihn ein einzelnes Wort innehalten ließ.

„Vielleicht."

Langsam näherte sich Conor dem Alten. Hatte er richtig gehört? „Wie meint Ihr das? Ihr kennt jemanden?"

Das Grün der Augen des Alten erinnerte Conor an den Schlick, der vereinzelt auf der Sandbank herumlag. Er schaute Conor nicht an, sondern blies mit Blick auf das Meer seelenruhig den Pfeifenrauch aus. Der Seewind griff sich den Rauch und löste ihn nach wenigen Metern in Luft auf. Lichtflecke – hervorgerufen aus dem Wechselspiel von

Sonne, Wolken und Wind – wanderten über die Felslandschaft.

„Im Burren-Nationalpark, bei den Poulnabrone Dolmen findest du einen Einsiedler, der sich Mauna nennt. Er soll es kennen, das Geheimnis der wichtigsten Wahrheit."

„Wo genau wohnt dieser Mauna? Kennt Ihr eine Adresse?", wollte Conor wissen.

Doch der Alte schwieg. Sein Blick hatte Conor nicht ein einziges Mal berührt. Er rauchte und ruhte mit den Augen auf der See.

Conor zuckte mit den Schultern, hob seinen Rucksack auf und bedankte sich für die Auskunft. Er hatte auf seiner Suche so viele komische Typen getroffen – ihn wunderte nichts mehr. Aufgeregt lenkte er seine Schritte in Richtung der Dolmen, die er ohnehin schon lange durchwandern wollte. Wahrscheinlich wartete dort wieder einer dieser Hochstapler auf ihn, einer von jenen, die nur zahlungswillige Zuhörer suchten. Aber dieser Name – Mauna – ... er löste ein Kribbeln ihn ihm aus, Erwartung. Könnte es sogar Vorfreude sein?

Zwei Tage später, der Wind blies heftig über die irischen Felsen des Burren, näherte sich Conor dem Hof von Mauna. Es war nicht einfach gewesen, dessen genaue Lage in Erfahrung zu bringen. Nur selten ließ sich dieser Mauna bei den Menschen der umliegenden Dörfer blicken, aber schließlich hatte Conor einen Einwohner getroffen, der ihm die ungefähre Lage schildern konnte. Merkwürdig fand Conor nur, dass keiner etwas über diesen Mauna zu sagen wusste. Nicht einmal beschreiben konnten ihn die Bewohner der Gegend. Der Pfarrer nicht, der Betreiber des Pubs nicht und auch nicht der örtliche Wächter des Friedens – der Dorfpolizist.

Hier stand Conor nun. Vor ihm lag ein von einer mannshohen Mauer umfriedeter Hof. Inmitten der Mauer verschloss eine breite Pforte, deren Grün schon lange auf einen Neuanstrich wartete, den Zugang. Das umliegende Land war von Kargheit gezeichnet. Sollte dies das Ziel seines langen Suchens sein?

Conor fasste sich ein Herz und klopfte an die schief hängende Eingangspforte.

Nichts rührte sich. War dieser Mauna nicht daheim? Conor schritt um das ummauerte Anwesen herum. Nur wenige Fenster öffneten den Blick hinter die aus grob gehauenen Steinen errichtete Hofmauer. Er meinte, im Inneren das Geräusch einer schließenden Tür zu vernehmen. Conor klopfte noch einmal, lauter.

Nach einer Stunde war noch immer niemand erschienen, Conor in den Hof hinein zulassen. Der Abend dämmerte und Conor überlegte, ob er ins letzte Dorf zurückkehren sollte. Er entschied sich dagegen, vielleicht würde Mauna heute Abend noch heimkehren. Doch auch Stunden später tat sich nichts auf sein Klopfen. Zum Glück war Sommer. Conor kauerte seinen Körper in die Nische am Eingang und übergab sich einem unbequemen Schlaf.

Beim ersten irischen Morgenlicht wurde er unsanft geweckt. Die Tür öffnete sich und Conor fiel schlaftrunken in den Innenhof. „Was in aller ...“, begann er empört und rappelte sich hoch. Vor ihm stand grinsend eine verrunzelte Alte mit einem Besenstiel in der Hand. Conor zählte drei übrig gebliebene Zähne. Die Alte legte ihre Hand auf die Spitze des Besenstiels, platzierte ihr Kinn darauf und nuschelte: „Ich habe mir dich jünger vorgestellt. Deine Stimme ist die eines Wales beim Kalben.“

Man hatte ihn gestern also durchaus gehört. „Seid Ihr Mauna?", fragte Conor.

Die Alte schüttelte kichernd den Kopf. Ihr Haar saß wie angeklebt unter dem feinen Netz. Sie zeigte mit dem schrumpeligen Finger über den Hof in Richtung einer Tür aus weiß verwittertem Holz. „Er erwartet dich."

Beim Eintreten sah Conor Mauna zum ersten Mal. Der vollbärtige Ire hatte einen Bauch so dick wie eine Ringelrobbe. Er saß zurückgelehnt an einem Schreibtisch und legte in diesem Moment einen dicken Füller zur Seite. Er schien einen langen Brief oder eine Geschichte verfasst zu haben. Mehrere Blätter voll schwarzer Tintenschrift lagen über den Schreibtisch verstreut. Sein Alter war schwierig zu schätzen. In den Vierzigern oder schon über 60 – alles war möglich. Über seinem Kopf leuchtete es merkwürdig. Conor blinzelte mehrmals, bis das Leuchten verschwand.

„Seid Ihr Mauna?", fragte er mit unsicherer Stimme.

„So werde ich seit meiner Geburt gerufen. Was kann ich für dich tun?"

„Kennt Ihr das Geheimnis der wichtigsten Wahrheit?", kam Conor direkt auf den Punkt.

Mauna ließ seinen Blick eine Weile auf Conor ruhen. Schließlich antwortete er: „Einst stand ich vor meinem Meister und stellte ihm genau diese Frage. Er antwortete mir: Bevor ich dir dieses Geheimnis verrate, musst du drei Jahre schweigen." Maunas Mund verzog sich zu einem Lächeln. Mehr sagte er nicht ...

Conor hob einen Finger und wollte nachfragen, ob Mauna gemeint haben könnte, dass auch er drei Jahre schweigen müsse, um das Geheimnis von ihm zu erfahren. Er verharrte mitten in der Bewegung. Ja, genau das hatte sein Gegenüber gefordert. Conor konnte es an Maunas Augen ablesen. Wieder war dieses Leuchten über seinem haarlosen Scheitel. Conor blinzelte.

„Ich ... ich muss darüber nachdenken", stammelte er verunsichert vor sich hin. Sein Blick suchte das Weite hinter den kleinen Fenstergläsern. Drei ganze Jahre! Wollte er diese Zeit seiner Suche opfern?

„Könnt ihr vielleicht eine Andeutung machen, worum es sich bei dem Geheimnis handelt?", fragte er Mauna, der seelenruhig mit vor dem Bauch gefalteten Händen zu ihm herüber sah.

„Leider nein, Conor, aber du darfst gerne die Kammer hinter der Küche nutzen und für einige Tage unser Gast sein. Lasse dir Zeit mit deiner Entscheidung."

So kam es, dass Conor das Haus von Mauna bezog. Schon nach einer durchwachten Nacht in der kleinen Kammer stand sein Entschluss fest: Er würde das Wagnis eingehen. Auf die drei Jahre vergeblichen Suchens kam es nun auch nicht mehr an.

Die Formalitäten waren schnell geklärt. Conor würde die Jahre des Schweigens bei Mauna im Haus leben. Er würde das Gebäude und den Hof sauber halten, die das Anwesen umgebende Mauer ausbessern und den Garten bestellen. Dafür würde er freie Kost und Logis erhalten.

Am nächsten Morgen begann Connor zu schweigen.

Er verlebte die Zeit in diesem abgelegenen Hof in klösterlicher Zurückgezogenheit. Mauna schien ebenfalls nicht viel vom Reden zu halten. Bis auf die wenigen Worte, die er mit der Alten wechselte, welche ihnen das Essen vorkochte, war kein Laut von ihm zu hören. Die Alte, die sie auch mit Lebensmitteln aus dem Dorf versorgte, war in das Schweigegelübde eingeweiht und sprach Conor in den drei Jahren nicht einmal an. Sie fand aber eine eigene Ausdrucksweise, ihre Zufriedenheit mit Conor's Fleiß Ausdruck zu verleihen. So fand er immer, wenn er der Alten Gemüse aus dem Garten in die Küche brachte, am Abend darauf ein Stück Schokolade in Form eines Marienkäfers auf seinem Kopfkissen.

Aber diese Form der Kommunikation funktionierte auch anders herum. Die Alte hatte einige Hausregeln mit einem Eiffelturm-Magneten am Kühlschrank befestigt. Darauf fand sich unmissverständlich die Empfehlung, man möge die Schuhe vor dem Betreten der Küche mit Hauspuschen austauschen. Conor kam in den ersten Wochen hin und wieder dieser Direktive nicht nach, weil er sich „nur kurz" einen Kaffee rausholen wollte. An solchen Tagen bestand die Suppe zur Hälfte aus Zwiebeln. Conor hasste Zwiebeln.

Dem künftigen Geheimnisträger der wichtigsten Wahrheit fiel das Schweigen in dieser heimeligen und friedlichen Umgebung nicht schwer. Er hatte schon zuvor auf seinen Wanderungen vielem entsagt. Die Zeit hier bei Mauna schien da nur eine konsequente Fortsetzung dieses Weges. Und doch war alles ganz anders.

Jeden Tag dachte er an das Geheimnis der wichtigsten Wahrheit. Was würde ihm Mauna wohl offenbaren? Manchmal erschien ihm das Ende der Schweigezeit unendlich fern.

Das Schweigen führte bei Conor dazu, dass er seine Tätigkeiten ruhiger und mit Achtsamkeit ausführte. Beim Ausbessern der Mauer achtete er auf die vielfarbigen Muster der Steine, ihre Vertiefungen, ihre Risse, wie sie sich anfühlten, wenn man mit dem Finger darüber strich. Auf dem Feld hinter dem Haus lernte er unzählige Varianten des irischen

Windes kennen. Er lauschte den unterschiedlichen Tönen, spürte ihn auf der Haut mal als wuchtigen Druck und mal als liebkosendes Streicheln. Mal roch er das Salz des Meeres in der Luft, mal schmeckte er den fein abgeschliffenen Granit der Felsen darin. Das Geräusch der Harke auf der steinigen Erde war nicht nur ein Laut, der Klang füllte ihn völlig aus, wenn er sich voll auf das Harken konzentrierte.

Zweimal ging Conor in seiner Schweigezeit auf Wanderung und durchstreifte die Küste Nordirlands abseits der üblichen Wanderrouten. Er wollte vermeiden, jemanden auf seiner Reise zu begegnen. Hin und wieder sah er in der Ferne weibliche Wesen und er merkte, dass etwas in ihm gerne seine Schritte dorthin lenken würde. Aber da er nicht sprechen durfte – was sollte dabei herauskommen? Was, wenn er sein Gelübde brechen würde? War es das Risiko wert? Wie gerne würde er sich wieder einmal menschlicher Nähe erfreuen. Weiblicher Nähe. Doch es gelang ihm von Mal zu Mal rascher, solche schmerzhaften Gedanken einfach abklingen zu lassen.

Dennoch: Die Reisen der Schweigezeit waren von eindrücklicher Intensität. Durch das äußere Schweigen und die monotone Tätigkeit des Wanderns wurde es in seinem Kopf still und klar. Die äußere Umgebung, die Geräusche, die Gerüche, die Nuancen des Sonnenlichtspiels – manchmal erfasste er alles ohne störende Gedanken oder Sorgen. Es gab immer längere Phasen ganz ohne Gedanken. In ihm breitete sich eine große, ganz friedliche Freude aus.

Schließlich war es soweit. Drei Jahre lang war kein Wort über Conors Lippen gekommen. In aller Frühe stand er auf und verharrte vor dem Spiegel. Was würde heute geschehen? Wie wird es sein, wenn er das erste Wort aussprechen wird? Wie würde das Geheimnis sein Leben verändern? Würde er dieses tiefe, innere Wohlgefühl wieder verlieren?

Würde er dort draußen – im normalen Leben – überhaupt wieder Fuß fassen können?

Die wichtigste Frage aber, jene Frage, die ihn nun über 20 Jahre lang begleitete, lautete: Was ist das Geheimnis der wichtigsten Wahrheit? Gleich würde er es erfahren.

Vor der Tür Maunas hob er die Hand zum Anklopfen. Er zögerte bei gekrümmtem Zeigefinger und hielt den Atem an.

„Komm herein, die Tür steht dir offen."

Conor atmete aus und schob unter lautstarkem Ausatmen die Tür auf. Jetzt würde er das Geheimnis erfahren!

Mauna saß wie gewohnt hinter seinem Schreibtisch. Mit einem Lächeln blickte er ihm entgegen. Wie immer musste Conor mehrfach blinzeln, um das Leuchten über Maunas Kopf zum Verschwinden zu bringen.

„Verr ...", Conor musste sich räuspern, „verratet Ihr mir nun das Geheimnis der wichtigsten Wahrheit?" Es war ungewohnt, nach drei Jahren die eigene Stimme wieder zu hören. Conor war erstaunt, wie langsam seine Worte im Raum verklangen.

Mauna lächelte. „Ich sage dir nun die Worte meines Meisters, als ich nach drei Jahren Schweigens genau diese Frage an ihn richtete. Er formulierte wortwörtlich: Ich kenne kein Geheimnis der wichtigsten Wahrheit, aber als ich damals zu meinem Meister kam und ihm diese Frage stellte, ließ er mich auch drei Jahre schweigen. Zudem nahm er mir das Versprechen ab, genauso bei jedem zu verfahren, der mich nach dem Geheimnis der wichtigsten Wahrheit fragen würde."

Conor starrte Mauna mit offenem Mund an. Mauna lächelte immer noch. Aber diesmal wirkte es voll tiefen Mitgefühls. Conor erkannte eine Spur Unsicherheit in den Augen des Bärtigen.

Eigentlich hätte Conor jetzt eine Aufwallung von Enttäuschung und Wut bei sich erwartet. Doch er spürte weiterhin diese tiefe innere Ruhe, die ihn jetzt schon so lange begleitete. Müsste er nicht gefrustet sein? Verärgert?

Conor beschloss, dass er über diese Antwort einige Zeit nachdenken müsse. Er verbeugte sich vor dem Hausherren und trat an die Tür. Mauna folgte und hielt ihn an der Schulter zurück. Conor drehte sich ihm nicht zu, sondern hielt den Blick gen Boden gesenkt. Mit einem Nicken deutete er an, dass Mauna sprechen möge.

Dieser sagte: „Ich habe noch eine Bitte an dich, Conor. Bitte denke in Ruhe darüber nach: Wenn dich in Zukunft jemand fragt, ob du ihm das Geheimnis der wichtigsten Wahrheit verrätst, dann verfahre bitte genauso mit diesem Suchenden wie ich mit dir. So wie ich es meinem Meister versprach."

Conor hielt seinen Blick weiterhin nach unten gerichtet. Er verharrte. Immer noch ohne sich umzudrehen nickte er, holte seinen Rucksack und verschwand durch das frisch gestrichene Tor, durch das er drei Jahre zuvor in dieses Haus eingekehrt war.

Die Alte umklammerte mit den Händen eine dampfende Tasse Tee und blickte durch das kleine Küchenfenster dem langjährigen Gast hinterher. Wenn sie die Augen zusammenkniff, konnte sie trotz des Tageslichts ein Leuchten über Conor erkennen. Sie lächelte.

Peter Bödeker

~~~

„Das Glück deines Lebens hängt von der Beschaffenheit deiner Gedanken ab."

Mark Aurel, * 121 n. Chr., † 180 n. Chr., römischer Kaiser und Philosoph

~~~

28 Der Mann, der Mönch und der Diamant

Ein Mann ging zu einem Mönch, als dieser in seinem Dorf Rast machte und rief aus. „Gib mir sofort den Stein, den Edelstein!" Der Mönch antwortete: „Von welchem Stein sprichst du". Der Mann sagte: „Heute Nacht ist mir Gott im Traum erschienen und sagte zu mir: Morgen um die Mittagszeit wird ein Mönch durchs Dorf kommen, und wenn er dir den Stein gibt, den er bei sich trägt, wirst du der reichste Mann des ganzen Landes. Also her mit dem Stein!"

Der Mönch kramte in seiner Tasche und zog einen Diamanten hervor. Es war der größte Diamant der Welt, so groß wie ein Kohlkopf. Dann sagte er: „Ist das der Stein, von dem du sprichst? Ich habe ihn im Wald gefunden. Du kannst ihn haben."

Der Mann nahm den Stein und lief nach Hause. Doch als die Nacht kam und er sich schlafen legte, brachte er kein Auge zu. Am nächsten Morgen, zu früher Stunde, ging er an den Ort zurück, an dem der Mönch friedlich unter einem Baum schlief. Er weckte ihn und sagte: „Da hast du deinen Stein wieder. Gib mir lieber den Reichtum, der es dir so leicht macht, den Reichtum wegzuwerfen."

aus Indien

~~~

„Viele Menschen verachten den Reichtum, aber wenige sind stark genug, darauf zu verzichten."

*François VI. Herzog de La Rochefoucauld, * 1613, † 1680, französischer Schriftsteller und Moralist*

~~~

29 Der kleine Krieger

Einst gab es einen großen König, der war auch ein meisterhafter Krieger. Er war stolz darauf, dass ihn keiner besiegen konnte. Doch eines Tages, bei einer Jagd, sah er etwas, das ihm seine Zuversicht nahm.

Der König starrte auf einen Pfeil, der genau im Zentrum einer winzig kleinen Zielscheibe steckte, welche auf einen Baum aufgemalt war. Der König wusste aus seiner Ausbildungszeit, dass ein solcher Schuss extrem schwierig war. Er würde nie einen solch perfekten Pfeil schießen können. Da war er sich sicher.

„Wer war dies?", frage der König spontan. Gleichzeitig überkam ihn eine Angst, dass sich der Schütze irgendwo verborgen hielt und vielleicht gerade auf ihn zielte. Mit solch einer Fähigkeit würde er ihn von großer Distanz mühelos treffen.

Als der König zurück in den Palast kam, sendete er einen ganzen Trupp aus, diesen Krieger zu suchen und zu finden. Die Männer gaben sich alle Mühe und durchsuchten den gesamten Wald, doch sie entdeckten keine Spur von dem Unbekannten.

Und es kam schlimmer.

Am nächsten Morgen sah der König wieder einen großen Pfeil im Zentrum einer winzigen Zielscheibe stecken. Diesmal inmitten des königlichen Parkes. Nach kurzer Suche fanden sich zahlreiche weitere Minizielscheiben mit einem Pfeilloch exakt in der Mitte.

Der König bekam Panik. Er ließ Handzettel drucken, auf denen eine große Belohnung für die Ergreifung des Schützen ausgesetzt wurde.

Der potentielle Attentäter blieb unentdeckt. Unser König litt alsbald unter schlaflosen Nächten, nichts konnte ihn mehr erheitern, nach einigen Tagen mochte er gar nichts mehr essen. So wurde er schwer krank.

Da war das Schicksal dem König gnädig: Der unbekannte Krieger wurde gefasst. Es handelte sich um einen fünfjährigen Jungen, der lediglich mit einer Unterhose bekleidet mit einem kleinen Bogen vor dem König stand.

„Bist du derjenige, welcher die Pfeile mitten ins Zentrum dieser winzigen Zielscheiben schoss?", wollte der König – ungläubig, aber mit unendlicher Erleichterung – wissen.

„Ja", antwortete der Junge knapp.

„Wie ist es dir gelungen, die Pfeile immer wieder exakt in die Mitte der Zielscheibe zu lenken?"

„Oh, das ist ganz einfach. Ich habe zuerst den Pfeil abgeschossen. Wenn er einen Baum traf, bin ich hingegangen und habe die Zielscheibe drum herum gemalt."

Quelle: unbekannt
nacherzählt von Peter Bödeker

Diese Geschichte soll uns daran erinnern, dass der allergrößte Teil unserer Sorgen unnötig ist. Nie werden all die Probleme Realität, mit denen wir unser Gemüt belasten.

Diese unnötigen Sorgen haben aber sehr wohl einen realen Effekt: sie verdunkeln unseren Geist, kosten uns Kraft und verhindern kühne Taten. Diese Belastungen erleichtern den Einfall von Zorn, Wut und Angst in unserem Geist. Die Freude inneren Friedens wird abgewürgt.

Die Geschichte will zu Vertrauen und Hoffnung als gesunder Geisteshaltung animieren. Wie oft malen wir uns in unserem Kopf riesige Krieger aus, und stehen am Ende vor einem freundlichen, fünfjährigen Jungen? Auch hier ist Achtsamkeit der Schlüssel, diese Dinge in unserem Leben erst einmal wahrzunehmen. Unterstützend könnte man seine Sorgen schriftlich festhalten und diese jedes Mal bei Nichteintreten verbrennen.

~~~

„Kein Übel ist so groß
wie die Angst davor."

Lucius Annaeus Seneca,
* ca. 4 v. Chr, † 65 n. Chr., römischer Politiker,
Rhetor, Philosoph und Schriftsteller

~~~

30 Die alte Eisenbahnbrücke

Tom schmerzte bei jedem Schritt der Magen. Immer wieder blieb er stehen und kaute an seinen Fingernägeln.

Wie sollte er die Drei in Deutsch erklären. Sein Vater wird toben. Seine Mutter wird den ganzen Tag betreten schweigen. Ihn quälte dieses ach so bekannte Bild. Er konnte es nicht mehr ertragen, eine Enttäuschung zu sein. Er war halt nicht so gut wie sein Einser-Bruder.

Er blieb unter der alten Eisenbahnbrücke stehen und blickte wütend nach oben.

Er warf Ranzen und Turnbeutel ins Gras und kletterte den Hang hinauf. Mit klopfendem Herz erreichte er die Bahngleise vor der alten Brücke. Er betrat das Gleis und balancierte auf einer Schiene Richtung Brückenmitte. Mit einem Satz sprang er auf den Wartungsgang und kletterte gewandt auf das Geländer.

„Warum hast du eigentlich keine Eins in Sport", rief eine Stimme.

Keine fünf Meter entfernt saß jemand auf dem Brückengeländer, den er gut kannte. Es war sein Klassenkamerad Geoffrey.

„Was machst du da auf dem Geländer?", rief Tom. „Das ist doch gefährlich."

„Ach was! Und du kannst fliegen oder was?", erwiderte Geoffrey.

„Du willst doch wohl nicht springen?", sagte Tom.
„Warum nicht?", murmelte Geoffrey.

„Du bist der beste Schüler in unserer Klasse. Hast die hübscheste Freundin und alle mögen dich. Bist du verrückt?", rief Tom.

„Ja, und du? Du hast Eltern und einen netten Bruder. Ich lebe alleine in einem Heim und sehne mich nach meiner zerbombten Heimat und einer Familie", rief Geoffrey.

Tiefes Schweigen.

Wie von Geisterhand bewegt, stiegen beide im gleichen Moment vom Brückengeländer, gingen aufeinander zu und umarmten sich.

Dann balancierten sie nebeneinander die Gleise entlang und erzählten sich Geschichten, die sie noch keinem anvertraut hatten.

Michael Behn

~ ~ ~

*„Es gibt nur einen Weg zum Glück
und der bedeutet, aufzuhören
mit der Sorge um Dinge, die
jenseits der Grenzen unseres
Einflussvermögens liegen."*

*Epiktet, * um 50, † 138 n. Chr.
griechischer Philosoph*

~ ~ ~

31 Der Löwe und das Mäuschen

Manchmal vergessen wir durch die Herausforderungen des Alltags, was wirklich wichtig ist. Die Geschichte vom Löwen und dem Mäuschen zeigt, dass wir im Kleinen achtsam bleiben sollten.

Ein Mäuschen lief über einen schlafenden Löwen. Dieser erwachte und packte es mit seinen gewaltigen Tatzen.

„Verzeih mir meine Unvorsichtigkeit", flehte das Mäuschen. „Ich habe dich nicht stören wollen. Schenke mir mein Leben, ich will dir ewig dankbar sein."

Großmütig schenkte der Löwe ihr die Freiheit und lächelte in sich hinein: „Wie will wohl ein Mäuschen einem Löwen dankbar sein?"

Einige Tage später hörte das Mäuschen in seinem Loch das fürchterliche Gebrüll eines Löwen. Neugierig lief es zum Ort, von wo das Brüllen kam. Das Mäuschen fand ihren Wohltäter in einem Netz gefangen. Sogleich eilte es zum Löwen und zernagte einige Knoten des Netzes, so dass der Löwe mit seinen Tatzen das übrige zerreißen konnte. So bedankte sich das Mäuschen für den Großmut des Löwen.

Selbst unbedeutende Menschen können bisweilen Wohltaten mit Wucher (hier gemeint: reicher Ertrag) vergelten, darum behandle auch den Geringsten nicht übermütig.

Aesop, um 550 v. Chr., griechischer Sklave und Fabeldichter, sprachlich angepasst von Michael Behn

~~~

„Wir sind für nichts so dankbar
wie für Dankbarkeit.“

*Marie von Ebner-Eschenbach, * 1830, † 1916,
mährisch-österreichische Schriftstellerin*

~~~

32 Die Liste des Tigers

Im Dschungel herrscht angsterfüllte Aufregung. Der Tiger hat eine Liste geschrieben. Eine Liste des Todes. Viele der Dschungelbewohner haben Angst, auf dieser Liste zu stehen.

Das alte Stachelschwein nimmt allen Mut zusammen und geht zur Höhle des Tigers und fragt ihn: „Guten Tag, Herr Tiger. Im Wald geht das Gerücht, Sie hätten eine Liste des Todes geschrieben. Stimmt das?"

Der Tiger schaut auf das Stachelschwein und nickt.

Das alte Schwein ist entsetzt. „Stehe ich auch auf Ihrer Liste?"

Der Tiger nickt wieder. „Du stehst auch auf der Liste."

Panisch rennt das Stachelschwein zu den anderen Tieren zurück, erzählt erregt von der entsetzlichen Liste. Stürmt weiter auf der Suche nach einem Versteck.

Wenige Tage später finden die anderen Tiere das alte Stachelschwein im ausgehöhlten Stamm einer umgestürzten Zeder. Tot.

Die Panik greift um sich. Sofort rennt der Hirsch zum Tiger und ruft aus sicherer Entfernung: „Tiger, stehe ich auch auf deiner Liste?"

Der Tiger nickt wieder und ruft: „Ja, du auch."

Kurze Zeit später sehen die anderen Tiger den Hirsch in weiter Ferne durch den Dschungel rasen. Doch wenige Tage danach wird auch er tot aufgefunden.

Nun traut sich keines der Tiere mehr, beim Tiger nachzu-
fragen. Alle versuchen nur noch, sich so gut wie möglich zu
verstecken.

Nur der ängstliche Hase hat eine Idee und hoppelt trotz
seiner Furcht zum Tiger. Auch er fragt wieder: „Tiger, stehe
ich auch auf deiner Liste."

Zum dritten Mal nickt der Tiger: „Ja, du stehst auch drauf."

„Kannst du mich streichen?"

„Aber klar doch."

nacherzählt von Peter Bödeker

~~~

„Leicht zu leben ohne Leichtsinn, heiter zu sein ohne Ausgelassenheit, Mut haben ohne Übermut; das ist die Kunst des Lebens."

*Theodor Fontane, * 1819, † 1898, deutscher Apotheker, Journalist, Theaterkritiker und Dichter*

~~~

33 Lass einfach los

Ein Ungläubiger klettert auf den Berg und stürzt von einem Felsvorsprung in die Tiefe. Im Fallen packt er den Zweig eines dürren Bäumchens.

Der Atheist schaut hinunter: 300 Meter geht es unter seinen baumelnden Füßen in Abgrund hinab. Schon schwinden seine Kräfte. Da kommt ihm eine Idee. Er hebt seinen Kopf gen Himmel.

„Gott", ruft er.
Niemand antwortet.

„Gott", ruft er noch einmal, diesmal schreit er, so laut er kann. „Wenn es dich gibt, dann rette mich. Ich verspreche auch, dass ich dafür immer an dich glauben und meinen Glauben verbreiten werde."

Immer noch hört er keinen Mucks aus dem Himmel. Doch dann lässt er vor Schreck fast den Zweig los, als eine Stimme durch das Tal dröhnt:

„Das sagt ihr alle, wenn ihr in der Not seid. Nachher vergesst ihr mich wieder."

„Aber Gott, bei mir ist es anders." Der Tonfall des Noch-Atheisten klang hoffnungsvoller. „Ich glaube doch schon, spürst du es nicht? Ja, ich bin wohl der gläubigste Mensch auf der Welt. Gepriesen sei dein Name, Gott!"

„Nun gut", dröhnte die Stimme, „dann will ich dir helfen. Lass einfach den Zweig los."

„Was? Den Zweig loslassen – hältst du mich für verrückt?"

nacherzählt von Peter Bödeker

~~~

„Vertrauen ist ein Gefährte
der Freundschaft."

*Ignaz Felner, * 1754, † 1825,*
deutscher katholischer Theologe und Lyriker

~~~

34 Der alte Mann und sein Schicksal

Einst lebte in einem Dorf ein alter Mann, der eigentlich sehr arm war. Er widmete sein Leben der Weisheit und hielt sich aus den rührigen Geschäften seiner Mitmenschen heraus. Doch einen Schatz besaß der Mann: Einen schneeweißen Hengst von solch schöner Gestalt, dass selbst der König ihm schon eine hohe Summe für das Tier geboten hatte. Der alte Mann hat jedoch nie verkauft. Dies sollte sein Schicksal und das seines Sohnes tiefgreifend verändern.

An einem Morgen im Frühling war nun der Stall des herrlichen Tieres leer. Der weiße Hengst war verschwunden, eine sofort durchgeführte Suche brachte keinen Erfolg. Das halbe Dorf versammelte sich im Stall des Mannes und spottete: „Du dummer Mann. Warum hast du das Pferd nicht an den König verkauft. Du hättest ein sorgloses Leben führen können. Nun bleibt dir gar nichts. Wenn das kein Pech ist, was dann?"

Der Mann blieb gelassen und entgegnete: „Ihr könntet recht haben oder auch nicht. Wer weiß schon, was hieraus folgt. Bisher kann ich nur sagen, dass mein Pferd nicht mehr im Stall ist. Mehr nicht. Was daraus folgen mag, weiß mein Schicksal allein." Dann setzte er sich in seinen Schaukelstuhl und ließ seinen Blick in die Ferne gleiten.

Die Dorfbewohner lachten mitleidig und gingen kopfschüttelnd zu ihrer Arbeit zurück. Der Narr war doch schon immer verrückt gewesen. Nun zeigte sich, was daraus folgte.

Aber siehe da, zwei Wochen später kehrte das weiße Pferd zu dem Manne zurück. Damit nicht genug, der Hengst hatte ein Dutzend Wildpferde im Schlepptau mit auf die Weide des Mannes geführt. Es war eine Pracht, die herumtollende Herde im Gatter zu bestaunen.

Die Neuigkeit vom unerwarteten Glück des Mannes verbreitete sich in Windeseile im Dorf. Die Bewohner eilten zur Wiese und staunten. „Hat der Verrückte doch recht behalten." „Hat sich der Verlust doch noch als Segen erwiesen." Sie gratulierten ihm und beglückwünschten ihn zu den kräftigen Tieren. Der alte Mann war nun nach den Maßstäben des Dorfes außergewöhnlich reich.

Der Mann blieb gelassen und meinte lediglich: „Mag es Glück sein oder auch nicht. Wir können nur mit Bestimmtheit sagen, dass das Pferd zurückgekommen ist und dass es noch einige Pferde mitgebracht hat. Alles Weitere wird die Zukunft zeigen." Die Nachbarn schüttelten ob dieses Undankes verständnislos ihre Köpfe und zogen ab.

Der einzige Sohn des Mannes begann unverzüglich, die Wildpferde zuzureiten. Am zweiten Tag wurde er bei der Dressur heftig vom Pferd geschleudert und brach sich ein Bein. Wieder kamen die Anwohner und beklagten das Unglück, doch der alte Mann entgegnete erneut: „Wer weiß, ob es ein Unglück ist oder etwas Gutes. Wir können nur erkennen, dass mein Sohn sich ein Bein gebrochen hat und er nicht mehr reiten kann. Was darüber hinausgeht, wird die Zukunft zeigen."

Jetzt wunderten sich die Dorfbewohner schon weniger. Einige hoben an, über die Worte des Mannes zu diskutieren. Doch keiner konnte sich vorstellen, wie ein Beinbruch etwas Gutes bewirken sollte.

Am nächsten Tag kam ein Ausrufer des Königs ins Dorf geeilt. Das kampffreudige Nachbarland hatte ihnen den Krieg erklärt und der König rief alle einsatzbereiten Männer zu den Waffen. Eine Weigerung würde mit dem Tode bestraft. Dadurch wurden alle jungen Männer im Dorf bis auf den Sohn des Mannes eingezogen.

Im ganzen Dorf brach ein großes Wehklagen aus. Alle wussten: Nur wenige würden aus diesem Krieg unversehrt in die Heimat zurückkehren. Die Frauen des Dorfes gingen zum Alten und jammerten: „Du hast wieder einmal recht behalten. Alle unsere Männer müssen in den Krieg. Dein Sohn darf dank seines Beinbruches daheim bleiben. So rettet nun der Sturz sein Leben."

Der alte Mann wippte weiter gelassen im Schaukelstuhl: „Mag sein oder auch nicht. Ihr urteilt in einem fort und irrt euch stets aufs Neue. Wir können nur feststellen, dass mein Sohn zuhause bleibt und eure Männer eingezogen werden. Alles Weitere, ob Glück oder Unglück, wird sich zeigen. Nur ein allwissendes Wesen, das alles überblickt, könnte die Ereignisse richtig einordnen. Wir irren uns allzu oft und bringen damit unseren Geist völlig unnötig aus seiner Gelassenheit. Darum urteile ich nicht."

nacherzählt von Peter Bödeker

~~~

„Das Schicksal wird schon seine Gründe haben.“

Voltaire, * 1694, † 1778,
französischer Philosoph und Schriftsteller

~~~

35 Mantu, der Zuversichtliche

Einst lebte ein reicher Maharaja im indischen Bundesstaat Goa. An seiner Seite fand sich stets der Berater Mantu. Nie sah man den Maharaja ohne seinen Ratgeber. Dieser besaß nämlich eine besondere Eigenschaft: Er bewertete alle Geschehnisse positiv. Mit solch einem Menschen umgibt sich jeder gern. Auch dem Maharaja ging es da nicht anders. Zungen bei Hof munkelten, dass der Maharaja, vor die Wahl gestellt, ob er sich lieber von einem kleinen Finger oder von Mantu trennen würde, mit seiner Antwort gezögert hätte.

Doch eines Tages – bei einer Jagd – sollte sich ein Keil des Zorns zwischen den Maharaja und den allzu optimistischen Mantu schieben.

Der Morgen der Jagd begann hoffnungsvoll. Die Sonnenstrahlen wurden von durchziehenden Wolken gedämpft, so dass die Hitze nicht überhandnahm. Wenn hohe Temperaturen herrschten, verschliefen die großen Tiere den Vormittag im Schatten des Regenwaldes. Dank der Wolken würden sie aktiv umherstreifen.

Der Maharaja war voller Vorfreude auf das kommende Jagdglück. So erklärte sich auch, dass er beim Anblick des stattlichen Gaurs die Sehne seines Bogens vor Aufregung nicht richtig spannte. Der Pfeil verhedderte sich beim Abschuss und das gefiederte Ende des Pfeiles riss ein Glied des rechten Maharaja-Zeigefingers einfach ab. Der Arzt der Jagdgesellschaft konnte das fehlende Fingerteil nicht mehr annähen, er musste sich auf das Versorgen der Wunde beschränken. Dadurch gab es kein Zurück, der rechte Zeigefinger des Maharajas würde für immer verkrüppelt bleiben.

Mantu eilte zum Maharaja und wollte ihn trösten: „Oh Herr, seid nicht betrübt. Es wird sicherlich einen guten

Grund haben, dass ihr einen Teil eures Fingers verloren habt. Wartet nur ab, bald werdet ihr erkennen, wozu euch dieser Schicksalsschlag gut sein wird."

Mit diesen vermeintlich tröstenden Worten hätte sich Mantu wohl besser etwas Zeit gelassen. Der Maharaja geriet in seinem Ärger über diese Sätze derart in Zorn, dass er seinen sonst so hoch geschätzten Berater auf der Stelle ins Gefängnis werfen ließ. „Vielleicht findet ihr zwischen dem Stroh und den Flöhen das Gute meines Verlustes", rief er Mantu hinterher, als dieser mit hängendem Kopf von den Soldaten abgeführt wurde.

Das Unglück konnte den Maharaja nicht lange von der Jagd fernhalten. Schon in der Woche darauf zog er wieder in den Wald. Doch wollte sich diesmal kein großes Wild zeigen. So befahl er seinen Begleitern zurückzubleiben, damit die Tiere nicht durch übermäßigen Lärm frühzeitig gewarnt wären.

So kam es, dass sich der Maharaja weit von seiner Wache entfernte. Er drang immer tiefer in das Unterholz und musste sich irgendwann eingestehen, sich verlaufen zu haben. Als er gerade zu einem lauten Hilferuf ansetzen wollte, wurde er von hinten ohnmächtig geschlagen.

Nachdem er wieder zu sich gekommen war, fand er sich auf einer hüfthohen Steinplatte gefesselt. Um ihn herum tanzten Wilde im Kreis und sangen kreischende Opfergesänge. Es war tiefe Nacht und das Feuer der Fackeln warf dunkle Schatten in die geschminkten Gesichter der Barbaren.

Als ein Stammesangehöriger mit einer den gesamten Oberkörper bedeckenden Maske auf den Maharaja zutrat, konnte dieser nur auf dessen riesiges Messer starren. Der Maskenmann trug den Opferdolch hoch erhoben vor sich her.

Im Inneren des Maharaja wurde alles von überwältigender Angst gelähmt. So würde er also dahinscheiden – als Gottesopfer eines Eingeborenenstammes.

Doch das Schicksal hatte wohl anderes mit ihm vor. Als der Maskenmann den Verband um den Zeigefinger des Maharaja erblickte, verlangte er wütend nach Ruhe und rief einen Namen. Aus dem Kreis der Tanzenden löste sich ein junger Mann und eilte mit gebeugtem Kopf zum Maskenmann.

„Tarin, wie konnte dir entgehen, dass dieser Mensch verkrüppelt ist. Wenn ich dem Gott dieses Opfer gebracht hätte, wäre großes Unglück über unseren Stamm gekommen. Geh und bringe den Gefangenen dorthin zurück, wo ihr ihn gefunden habt. Du wirst mir für einen Ersatz verantwortlich sein."

Der Maharaja konnte sein Glück kaum fassen. Der gescholtene Tarin zog ihm eine Maske über den Kopf und warf ihn gefesselt auf den Rücken eines Pferdes. Nach einstündigem Ritt schob Tarin den Maharaja achtlos vom Pferd, hieb dessen Stricke durch und galoppierte den dunklen Weg zurück. Der Maharaja dankte allen Göttern, von denen er im Laufe seines Lebens gehört hatte.

Am nächsten Tag fand der Maharaja zurück in den Palast. Seine erste Amtshandlung bestand darin, Mantu aus dem Gefängnis befreien zu lassen. Der Maharaja entschuldigte sich vielmals bei seinem Berater und versprach, in Zukunft mehr Vertrauen in dessen Worte zu haben.

Gleichwohl konnte der Maharaja sich nicht davor zurückhalten, Mantu einen verbalen Seitenhieb zu verpassen. Er fragte: „Sag mir, geschätzter Mantu, findest du auch einen Grund, warum dein Gefängnisaufenthalt etwas Gutes nach sich ziehen wird? Euer Gesicht ist voller Flohstiche, die kannst du wohl nicht als angenehmen Lohn ansehen."

„Oh, verehrter Maharaja", hob Mantu an, „das liegt für mich auf der Hand. Wenn ich auf der letzten Jagd bei euch gewesen wäre, hätten wir uns wahrscheinlich zusammen verirrt. Und dann hätten die Wilden mich statt euch den Göttern zum Opfer gebracht."

nacherzählt von Peter Bödeker

~~~

„Aus jedem Tag das Beste zu machen, das ist die größte Kunst."

Henry David Thoreau, * 1817, † 1862, US-amerikanischer Schriftsteller

~~~

36 Zenmeister Hakuin über Zufriedenheit

Der alte Zenmeister Hakuin war für zwei Dinge bekannt: seine zuvorkommende Art und seine offenkundig unerschütterliche Zufriedenheit.

So kam es eines Tages, dass eine Gruppe von drei Psychologen den alten Zenmeister nach dem Geheimnis seiner Zufriedenheit fragte: „Verehrter Hakuin", begannen sie, „was würdet Ihr anderen Menschen empfehlen, auf dass sie sich ebenfalls eine solche Zufriedenheit wie die Eure erhoffen können. Was tut Ihr, um so glücklich zu sein?"

Hakuin antwortete ernst: „Das ist nicht schwer. Wenn ich gehe, dann gehe ich. Wenn ich esse, dann esse ich. Wenn ich arbeite, dann arbeite ich."

Die Psychologen lächelten unsicher. Schließlich fragte einer nach: „Verehrter Hakuin, so handeln viele Menschen. Sie gehen, sie essen, sie schlafen. Dennoch sind sie nicht zufrieden, geschweige denn glücklich."

Hakuin hob den Zeigefinger und sagte noch einmal, diesmal langsamer: „Wenn ich gehe, dann gehe ich. Wenn ich esse, dann esse ich. Wenn ich arbeite, dann arbeite ich." Er hob die Augenbrauen und schaute die Psychologen fragend an. Jetzt schüttelten die drei Herren ihre Köpfe. Sie hatten es ja geahnt, ein milder Irrer.

Sie wendeten sich schon zum Gehen, da hielt sie Hakuin zurück: „Ihr habt ja recht. Alle Menschen gehen, essen und arbeiten. Aber wo weilt dabei ihr Geist? Wenn sie gehen, sind sie in Gedanken bei der Arbeit. Beim Arbeiten denken sie an das nächste Essen. Und während sie essen überlegen sie den nächsten Arbeitsschritt.

Wer zufrieden sein will, sollte beim Essen nur essen, beim Gehen nur gehen und auch beim Arbeiten mit seinem Geist nur bei der jeweiligen Arbeit sein."

nacherzählt von Peter Bödeker

~~~

„*Denke immer daran, dass es nur eine wichtige Zeit gibt: Heute. Hier. Jetzt.*"

*Leo Tolstoi, * 1828, † 1910,
russischer Schriftsteller*

~~~

37 Sokrates und die drei Siebe des Weisen

Zum weisen Sokrates kam der junge Polimus gelaufen und er rief bereits von Weitem: „Höre, Sokrates. Ich muss dir etwas erzählen!"

„Halte ein!" unterbrach ihn der Weise, „hast du das, was du mir sagen willst, durch die drei Siebe gesiebt?"

„Drei Siebe?", fragte Polimus voller Verwunderung.
Das erste Sieb: Die Wahrheit

„Ja, junger Polimus! Lass uns prüfen, ob das, was du mir sagen willst, durch die drei Siebe hindurchgeht: Das erste ist die Wahrheit. Hast du geprüft, was du mir erzählen willst. Hast du dich überzeugt, dass es wahr ist?"

„Nein, ich hörte es jemanden erzählen.", sagte Polimus.
Das zweite Sieb: Die Güte

„So, so! Aber sicher hast du es im zweiten Sieb geprüft. Es ist das Sieb der Güte. Ist das, was du mir erzählen willst, gut?"

Zögerlich sagte Polimus: „Nein, im Gegenteil."
Das dritte Sieb: Die Notwendigkeit

„Hm", unterbrach ihn der Weise, „so lasst uns auch das dritte Sieb noch anwenden. Ist es notwendig, dass du mir das erzählst?"
Polimus errötete und sagte: „Nun, notwendig gerade nicht."
„Also", sagte lächelnd Sokrates, „wenn es weder wahr noch gut noch notwendig ist, so lass es begraben sein. Belaste weder dich noch mich damit, lieber Polimus."

Frei erzählt nach einer Begebenheit, die über den Urvater der Philosophie berichtet wird, sprachlich angepasst von Michael Behn

~ ~ ~

„Alles, was du sagst,
sollte wahr sein.
Aber nicht alles, was wahr ist,
solltest du auch sagen."

Voltaire, * 1694, † 1778,
französischer Philosoph und Schriftsteller

~ ~ ~

38 Die traurige Geschichte vom wilden Hund

Eisig jagte der Wind über die Felder und das Land lag seit vielen Wochen unter einer mächtigen Schneedecke. Zugefroren waren Bäche und Weiher. Das Leben schien erstarrt.

Zum Schutz vor der Kälte hatte sich ein wilder Hund in einer Höhle verkrochen und er fror jämmerlich. Immer wieder stand er zitternd auf und rollte sich ein wenig mehr zusammen. Die Augenlider des entkräfteten Hundes begannen sich für immer zu schließen. Dem Tode nahe flüsterte er vor sich hin: „Wenn es doch nur Sommer wäre. Wenn es nur wieder warm wäre. Überlebe ich, will ich eine Hütte bauen, damit ich im nächsten Winter nicht so frieren muss."

Der wilde Hund überlebte, und als der Sommer mit seiner wohltuenden Wärme da war, hatte er seinen Vorsatz vergessen. Er lag in der Sonne, reckte und streckte sich, blinzelte behaglich in die Sonne und dachte nicht mehr an den letzten, fast tödlichen Winter. Er dachte nicht mehr daran, sich eine Hütte zu bauen.

Der nächste Winter kam. Erneut war er bitterkalt und der wilde Hund erfror.

Nach der Fabel „Der wilde Hund" des griechischen Sklaven und Fabeldichters Aesop, der um 550 v. Chr. lebte, sprachlich angepasst von Michael Behn

~~~

„Hoffnung ist ein gutes Frühstück,
aber ein schlechtes Abendbrot.“

Francis Bacon, * 1561, † 1626,
englischer Philosoph

~~~

39 Heiliger Froschgesang

Eines Abends zog sich Mönch Martin zum Nachtgebet zurück. Nach kurzer Zeit schwebte sein Geist in freudiger Verzückung. Da setzte draußen ein unüberhörbares Froschkonzert ein. Mönch Martin versuchte zunächst tapfer, das Lärmen nicht in seinen Geist dringen zu lassen. Irgendwann sprang er verärgert auf und schrie aus dem Fenster: „Ruhe, lärmendes Froschvolk. Ich bete!"

Und siehe da, die Worte des heiligen Mönches bewirkten sofortige Stille am Teich.

Zufrieden kehrte Mönch Martin auf sein Gebetsbänkchen zurück. Manchmal hatte es doch sein Gutes, einen direkten Draht nach oben zu haben.

Doch die innere Stimme wollte nicht schweigen. „Was glaubst du, warum Gott diesen Klang geschaffen hat?", erklang es in seinem Geist.

Mönch Martin musste dem auf den Grund gehen. Er trat ans Fenster und rief: „Singt wieder!" Die Frösche machten nahtlos da weiter, wo sie vorhin aufgehört hatten. Auch die Tiere der Nachbarteiche fielen nun ein und die Nacht war erfüllt von vielstimmigem Gequake.

Mönch Martin setzte sich nieder und ließ die Klänge auf sich wirken. Mit einem Mal erkannte er einen Rhythmus in den Gesängen und meinte unterschiedliche Stimmungen unterscheiden zu können. Er empfand sie nicht mehr als lärmend, sondern sie versüßten ihm die nächtliche Ruhe. Mit seligem Lächeln schloss er erneut die Augen für sein Gebet.

Mönch Martin hatte schon oft in den mystischen Texten vom Schlagen eines Herzens „im Einklang mit der Welt" gehört. In dieser Nacht durfte er es erleben.

nacherzählt von Peter Bödeker

~~~

*„Die Höhe einer Menschenseele
ist zum Teil danach zu ermessen,
wie weit und vor wem sie fähig
ist, Ehrfurcht und Verehrung
zu bezeugen oder Andacht
zu empfinden.“*

Fjodor Michailowitsch Dostojewski,
* 1821, † 1881, russischer Schriftsteller

~~~

40 Der Floh und der Hammel oder: Bedenke die Folgen

Allzu leicht denken wir, dass etwas anderes für uns besser wäre als das, was wir gerade haben. Doch wie auch der Floh in der folgenden Geschichte müssen wir uns auf unvorhergesehene Folgen gefasst machen.

Ein Floh, der im geschorenen Fell eines Hundes wohnte, vernahm eines Tages den angenehmen Geruch von Wolle.

„Was ist denn das?" Der Floh machte einen Sprung und bemerkte, dass sein Hund auf dem Fell eines Hammels eingeschlafen war.

„Welch ein Pelz ist das gegen den meines Hundes?!", sprach der Floh. „Er ist dicker und weicher, und vor allem ist er sicherer. Da besteht keine Gefahr, dass mich die Krallen und Zähne des Hundes erwischen und töten. Außerdem wird das Hammelfell sicherlich wohnlicher sein."

Ohne weiter nachzudenken wechselte der Floh seine Behausung.

Er sprang vom Fell des Hundes in das des Hammels.

Aber – die Wolle war dicht, furchtbar dicht und dick, so dass es extrem schwer war, an die Haut heranzukommen. Versuch um Versuch, mit viel Geduld ein Haar vom anderen zu trennen und mit Mühe einen Durchgang zu öffnen ... endlich gelangte der Floh an die Haarwurzeln.

Doch diese standen so dicht, dass sie dem Floh keinen Raum ließen, durch den er die Haut hätte kosten können. Müde, erschöpft und enttäuscht beschloss der Floh, zu seinem Hund zurückzukehren, aber der war verschwunden.

Armer Floh! Tagelang bereute er seinen Irrtum, um schließlich im dicken Hammelfell weinend zu verhungern.

Leonardo da Vinci, * 1452, † 1519, italienischer Maler, Bildhauer, Architekt und Erfinder

~~~

„Denke lieber an das,
was du hast, als an das,
was dir fehlt!
Suche von den Dingen, die du
hast, die besten aus und bedenke
dann, wie eifrig du nach ihnen
gesucht haben würdest, wenn
du sie nicht hättest."

Mark Aurel, * 121 n. Chr., † 180 n. Chr.,
römischer Kaiser und Philosoph

~~~

41 Die Sonne und der Wind

Einst stritten sich die Sonne und der Wind, wer von ihnen beiden der Stärkere sei, und man ward einig, derjenige solle dafür gelten, der einen Wanderer, den sie eben vor sich sahen, am ersten nötigen würde, seinen Mantel abzulegen.

Ein nachdenkenswerter Wettkampf begann.

Sogleich begann der Wind zu stürmen; Regen und Hagelschauer unterstützten ihn.

Der arme Wanderer jammerte und zagte; aber immer fester wickelte er sich in seinen Mantel ein und setzte seinen Weg fort, so gut er konnte.

Jetzt kam die Reihe an die Sonne. Mit milder und sanfter Glut ließ sie ihre Strahlen herabfallen. Himmel und Erde wurden heiter; die Lüfte erwärmten sich. Der Wanderer vermochte den Mantel nicht länger auf seinen Schultern zu erdulden. Er warf ihn ab und erquickte sich im Schatten eines Baumes, während sich die Sonne ihres Sieges freute.

*Johann Gottfried von Herder, * 1744, † 1803, deutscher Dichter und Philosoph*

~ ~ ~

„Lachen und Lächeln sind
Tor und Pforte, durch die viel
Gutes in den Menschen hineinhu-
schen kann."

*Christian Morgenstern, * 1871, † 1914,*
deutscher Dichter, Schriftsteller und Übersetzer

~ ~ ~

42 Von der Fichte, dem Teich und den Wolken

Die Abendsonne beschien mit goldenen Strahlen eine riesige Fichte, die an einer felsigen Berghalde stand. Ihr stacheliges Laub prangte im schönsten Grün, und ihre Äste waren wie mit Feuer übergossen und glänzten weit sichtbar.

Sie freute sich über ihren Glanz und meinte, all diese Herrlichkeit gehe von ihr selbst aus und sei ihr eigener Verdienst, so dass sie eitel wurde.

Prahlend rief sie: „Seht her, ihr anderen Gewächse und Geschöpfe, wo erscheint eines in solcher Pracht wie ich edle Fichte? Gewiss, ihr seid zu bedauern, dass euch der Schöpfer nicht schöner geschmückt hat."

Das hätte sie nicht rufen sollen.

Die Sonne hörte diese eitle Rede und wurde ärgerlich, so dass sie ihre Strahlen von der Fichte weg auf einen dunklen Teich wandte, der unten am Berge in tiefer Ruhe lag. Die Fichte sah nun so öd und traurig aus wie vorher.

Der Teich aber bewegte sich freudig in kleinen goldenen Wellen und strahlte das Bild der Sonne in tausend Feuerpunkten wider. Auch er wurde stolz darauf und glaubte letztlich, er selbst sei die Quelle all dieser Klarheit, und verspottete die anderen Gewässer, die im Schatten lagen.

Da wurde die Sonne abermals ärgerlich, zog Wolken zusammen, in denen sie sich verhüllte, und der Teich lag wieder in seinem düsteren melancholischen Grau und schämte sich.

Die Wolken hingegen begannen jetzt zu glühen und zu scheinen wie Purpur als die Erde schon im Schatten lag. Da wurden auch sie übermütig und riefen: „Glänzen wir nicht viel schöner als die Sonne?"

Und zum dritten Male wurde die Sonne ärgerlich. Indem sie am Horizont versank, entzog sie ihre Strahlen den undankbaren Luftgebilden. Wolken, See und Bäume verschwammen in der grauen Dämmerung und letztendlich übergab sie so alle eitlen Geschöpfe dem Vergessen der Nacht.

Gottfried Keller, * 1819, † 1890, schweizer Dichter, sprachlich angepasst von Michael Behn

~~~

„Jedes Herz ist eine Bude auf
dem Jahrmarkt der Eitelkeit.“

William Makepeace Thackeray,
* 1811, † 1863, britischer Schriftsteller

~~~

43 Der Aufstieg

Vor langer Zeit plagte Häuptling Norbu vom Amdo-Stamm in der tibetanischen Hochebene ein schwieriges Problem. Er spürte das Ende seiner Zeit, die er unter den schneebedeckten Gipfeln des Himalayas verbringen durfte, gekommen. Somit wurde es höchste Zeit, einen Nachfolger zu finden. Laut den Gesetzen des Stammes musste das jemand sein, der von der Gargya-Blutsverwandtschaft abstammte. Somit kamen nur seine drei Söhne in Frage. Doch welchen sollte er als künftiges Oberhaupt des Stammes einsetzen? Er stellte ihnen eine unmögliche Aufgabe ...

Zunächst wandte er sich an Dorje Phagmo vom nahegelegenen Dirapuk-Kloster. Dieser gab ihm den Rat, bei einer Wanderung um den Manasarovar-See um eine Eingebung zu bitten. Er sollte nach einem toten, getrockneten Fisch Ausschau halten. So er hierbei solch ein Exemplar fände, möge er dieses in der Nacht unter seine Schlafstatt legen.

Schon nach wenigen Stunden Wanderung fand Norbu ein entsprechendes Exemplar. In der darauffolgenden Nacht träumte er davon, den Berg Kailash zu besteigen, was noch niemandem zuvor gelungen war.

Norbu deutete diesen Traum so, dass der Berg seine drei Söhne prüfen sollte. Er rief diese zu sich und sagte: „Niemand hat bisher den Berg Kailash bezwungen. Gehet hin und versucht euch daran. Wem es gelingt, der möge der künftige Häuptling sein."

Den Söhnen war die Unmöglichkeit der Aufgabe bewusst. Dennoch äußerten sie keinen Zweifel, sondern verbeugten sich und bereiteten sich jeder auf seine Art für den kommenden Tag vor.

Am nächsten Morgen verabschiedeten Norbu und der ganze Stamm die drei Häuptlingskinder. Manche der Frauen trugen Tränen in den Augen, da sie ein Unglück beim Aufstieg befürchteten.

Schon bald trennten sich die Wege der drei Söhne, ein jeder versuchte auf seine Art, den Berg zu bezwingen. Häuptling Norbu harrte in seinem Zelt und betete für eine gesunde Rückkehr der Kinder.

Kurz nach Mittag kam der älteste seiner Söhne zu ihm zurück. Dieser gestand, dass sein gewählter Weg schon früh nicht mehr zu begehen war. Nachdem er dreimal fast in eine Spalte gerutscht war, hatte er die Unmöglichkeit eingesehen und war zurückgekehrt. Sein Vater nahm ihn in den Arm und bat, gemeinsam für die sichere Rückkehr der übrigen Söhne zu beten.

Am späten Nachmittag kehrte der mittlere Sohn zurück. Auch ihm war der Aufstieg nicht vergönnt gewesen. Seine Bemühung erkannte man an den Wunden und Schrammen auf seinen Händen und im Gesicht. „Es ist unmöglich, Vater, den Berg zu bezwingen. Niemand hat es je geschafft und wird es auch niemals schaffen." Norbu drückte auch ihn und ließ sich wieder auf das Fell nieder, nun nur noch für einen Sohn betend.

Es war schon dunkel als Intor, der jüngste der Söhne, zum Zelt seines Vaters hereinkam. Zutiefst erleichtert ob der gesunden Rückkehr aller Söhne schaute der Häuptling in Intors Gesicht. Doch dieser schüttelte ebenfalls nur den Kopf.

Norbu konnte die Enttäuschung in seiner Stimme nicht unterdrücken. Mit gesenktem Kopf beklagte er: „Wie ich sehe, ist es auch dir nicht gelungen, der Aufgabe meines Traumes gerecht zu werden."

„Für den Moment, nein", entgegnete Intor.

Hoffnungsvoll schaute Norbu auf: „Für den Moment? Hast du eine Möglichkeit gefunden, wie es vielleicht morgen klappen könnte?"

„Nein, ich konnte noch nicht einmal den Gipfel sehen", sagte Intor. „Doch hat der Berg seine volle Höhe bereits erreicht. Ich aber wachse noch."

nacherzählt nach einer alten Indianer-Geschichte von Peter Bödeker

Der Kailash ist der heiligste Berg im Buddhismus. Viele halten ihn für den sagenumwobenen Berg Meru. Der Berg ist aus Rücksicht auf seine religiöse Bedeutung bisher unbestiegen. „Kein Ort ist wundervoller als dieser", hat der Yogi Milarepa (* 1052, † 1135) gesagt, der der Überlieferung nach als der einzige bisherige Besteiger des Berges gilt, an dessen Fuß er lange Zeit in völliger Abgeschiedenheit lebte.

~~~

„Unsere größte Schwäche liegt im Aufgeben. Der sichere Weg zum Erfolg ist immer, es doch noch einmal zu versuchen.“

*Thomas Alva Edison, * 1847, † 1931*
US-amerikanischer Erfinder

~~~

44 Miss Rose: Der Kampf von Licht und Dunkel

In ihrer Afrika-Zeit lebte Miss Rose bei einer Müllsammlerin namens Tabaka in Kapstadt. Merkwürdige Geschicke, für deren Erzählung hier nicht der Raum ist, hatten sie in das Armen-Ghetto der Riesenstadt am Südatlantik geführt.

Miss Rose spürte sofort ein Gefühl der Verbundenheit bei ihrer Ankunft in Tabakas Blechhütte. Die alte Katze nahm es stets als ein gutes Zeichen, wenn ihr sofort eine Schale Milch hingestellt wurde. Miss Rose erkannte auch: Tabaka würde nicht mehr allzu lange leben.

Eines Abends saß Tabaka mit ihrer Enkelin am Feuer. Beide trennten alte Kleidung auf und sammelten verwertbare Stoffreste auf einem Haufen zwischen sich. Ein Schneider kaufte Tabaka diese Kleidungsreste ab und verwendete sie als Flicken.

Miss Rose hatte es sich auf dem Stoffhaufen bequem gemacht und lauschte dem Gespräch zwischen Oma und Enkeltochter.

„Weißt du Safira, in jedem von uns Menschen wohnen das Licht und das Dunkel."

Miss Rose spitzte die Ohren. Immer wenn die Zweibeiner auf das Gute und das Böse zu sprechen kamen, wurde es interessant. Vor allem, wenn sich sterbende Geschöpfe dazu äußerten. In Miss Rose blitzte die Erinnerung an den alten Pfarrer in Paris auf. Doch das ist eine andere Geschichte.

Die kleine Safira hielt in der Arbeit inne und blickte geduldig zu ihrer Oma. Schließlich fuhr Tabaka fort: „Das Licht findest du stets dort, wo Gedanken der Liebe, der Freude, der Großzügigkeit oder des Mitgefühls durch deinen Geist wandern."

Tabaka machte wieder eine Pause. Safira blieb die Ruhe in Person.

„Dort wo Gefühle des Zorns, des Hasses, von Niedergeschlagenheit oder von Eifersucht sich ausbreiten", sprach Tabaka weiter, „da ist es dunkel im Menschen."

Nun ahnte Miss Rose, worauf die Alte hinaus wollte. Würde das Mädchen die richtige Frage stellen?

Tatsächlich, nach einem Moment des Nachdenkens fragte Safira: „Wie verhindere ich, dass es in mir allzu dunkel wird, Oma? Muss ich immer gegen das Dunkle ankämpfen?"

Tabaka antwortete: „Nein, mein Kind, indem du möglichst viele Lichter anzündest."

(auf-)geschrieben von Peter Bödeker

~~~

„ Wer nichts Böses tut, hat damit noch nichts Gutes getan. "

*Karl Heinrich Waggerl, * 1897, † 1973, österreichischer Schriftsteller*

~~~

45 Vom Ausgleich im Tun

Man sagt, der alte Apostel Johannes hätte in seiner freien Zeit gerne mit einem zahmen Rebhuhn gespielt. Dies sah eines Tages ein vorbei eilender Jäger aus der jungen Christengemeinde. Verwundert betrachtete er das gedankenverlorene Spiel des alten Mannes mit dem in ein rotbraunes Prachtkleid gehüllten Federvieh. Müsste Johannes nicht lieber seine Zeit nutzen, um das vierte Evangelium zu beenden? Wer weiß, welche Frist ihm für diese so wichtige Aufgabe noch bleiben würde. Der Jäger beschloss, den Apostel diesbezüglich zur Rede zu stellen.

Er schritt zu Johannes hinüber und fragte: „Herr, warum vertut ihr eure Zeit mit sinnlosem Herumspielen? Solltet ihr nicht an der Erfüllung eurer Lebensaufgabe arbeiten?"

Der Apostel Johannes kraulte das Rebhuhn sanft am Hals und schaute zum Jäger hinauf: „Gestattet mir eine Gegenfrage: Weshalb ist der Bogen in eurer Hand nicht gespannt?"

Der Jäger entgegnete: „Wäre mein Bogen die ganze Zeit unter Spannung, so würde er seine Schusskraft verlieren und hätte nicht mehr die Stärke, einen Pfeil abzuschießen. Er wäre dann völlig nutzlos."

Johannes erwiderte: „Seht, was für einen Bogen gilt, findet auch beim Menschen seine Entsprechung. Indem ich mit diesem Tier spiele, entspanne ich Geist und Körper. Hierbei finde ich die Kraft, später beherzt meinen Aufgaben nachgehen zu können."

nacherzählt von Peter Bödeker

~~~

„Was nützen dir Liebe, Glück, Bildung, Reichtum, wenn du dir nicht die Zeit nimmst, sie in Muße zu genießen?"

*Karl Alexander Freiherr von Gleichen-Rußwurm, * 1865, † 1947, deutscher Schriftsteller*

~~~

46 Der alte Großvater und der Enkel

Es war einmal ein steinalter Mann, dem waren die Augen trüb geworden, die Ohren taub, und die Knie zitterten ihm.

Wenn er nun bei Tische saß und den Löffel kaum halten konnte, schüttete er Suppe auf das Tischtuch, und es floss ihm auch etwas wieder aus dem Mund.

Sein Sohn und dessen Frau ekelten sich davor, und deswegen musste sich der alte Großvater hinter den Ofen in die Ecke setzen, und sie gaben ihm sein Essen in einem Schüsselchen und noch dazu nicht einmal genug; da sah er betrübt nach dem Tisch, und die Augen wurden ihm nass.

Einmal auch konnten seine zittrigen Hände das Schüsselchen nicht festhalten, es fiel zur Erde und zerbrach. Die junge Frau schalt, er sagte aber nichts und seufzte nur. Da kaufte sie ihm ein hölzernes Schüsselchen für ein paar Heller, daraus musste er nun essen. Wie sie da so sitzen, so trägt der kleine Enkel von vier Jahren auf der Erde kleine Brettlein zusammen.

„Was machst du da?" fragte der Vater.
„Ich mache ein Tröglein", antwortete das Kind, „daraus sollen Vater und Mutter essen, wenn ich groß bin."

Da sahen sich Mann und Frau eine Weile an, fingen an zu weinen, holten den alten Großvater an den Tisch und ließen ihn von nun an immer mitessen, sagten auch nichts, wenn er ein wenig verschüttete.

Aus der Märchensammlung der Brüder Grimm, basiert auf Johann Michael Moscheroschs Mahngedicht Kinderspiegel von 1643

~~~

„In den Brunnen, aus dem man getrunken hat, soll man keinen Stein werfen."

Johann Wolfgang von Goethe,
* 1749, † 1832, deutscher Dichter

~~~

47 Der gedeihliche Riss

Vor vielen Jahren holte Hausdiener Kildram jeden Morgen zwei Krüge Wasser aus dem Fluss Madrub zum Haus seines Herrn. Die beiden Krüge hängte er an die Enden eines Holzstabes, den er über der Schulter trug.

Einer der beiden Krüge bekam eines Tages einen Sprung, sodass er auf dem Weg vom Fluss bis zum Haus die Hälfte seines wertvollen Inhaltes verlor. Dieser Krug bemühte sich nach Kräften, seinen Riss wieder zu verschließen. Doch so sehr er sich auch anstrengte, es tröpfelte immer etwas heraus. Der beschädigte Krug wurde sehr zornig mit sich.

So ging es ein ganzes Jahr lang, unser kaputter Krug wurde von Tag zu Tag trauriger. Dann hielt er es nicht mehr aus. Mit Verzweiflung in der Stimme wendete er sich an Kildram und klagte:

„Verehrter Kildram, ich schäme mich so. Stets verliere ich die Hälfte des Wassers auf dem Weg. Bitte ersetzt mich, ich bin es nicht länger wert, von euch getragen zu werden."

Doch Kildram reagierte ganz anders als erwartet. Liebevoll streichelte er dem traurigen Krug über den Rand und bat ihn, am nächsten Morgen auf dem Rückweg vom Fluss doch einmal mit Achtsamkeit auf den Wegesrand zu schauen. Verwundert sagte ihm der Krug dies zu. Doch er fragte sich insgeheim, was dabei denn herauskommen sollte.

Dennoch war er schon jetzt nicht mehr ganz so traurig. Die netten Worte von Kildram hatten ihn richtig glücklich gemacht. Er war immer davon ausgegangen, dass der Wasserträger voller Zorn auf ihn war. So hatte er sich eben aber ganz und gar nicht angehört ... Zum ersten Mal seit langer Zeit schlief der beschädigte Krug in wohliger Stimmung ein.

Am nächsten Morgen erwachte unser Krug früher als sonst. Er konnte es kaum erwarten, dass Kildram ihn anheben und zum Fluss bringen würde.

Als es endlich soweit war und sie sich auf dem Rückweg befanden, betrachtete der Krug seine Seite des Weges ganz genau. Überall wuchsen herrliche Wildblumen. Wie jeden Morgen pflückte Kildram ein paar davon und steckte sie vorsichtig in seine Tasche.

Am Hause angekommen fragte Kildram den Krug: „Und, hast du etwas wahrgenommen?"

„Ja, ich habe wieder die Hälfte des Wassers verloren."
„Das meine ich nicht, Dummerchen. Hast du denn die vielen Blumen nicht gesehen?"
„Doch, natürlich. Aber was haben die mit mir zu tun?"

Kildram lachte laut auf. „Lieber dummer, kaputter und ach so wertvoller Krug du. Ist dir denn gar nicht aufgefallen, dass auf dem gegenüberliegenden Wegesrand nur trockenes Gras vor sich hinwelkt? Seitdem du den Riss hast und die eine Seite jeden Tag mit deinem Wasser beschenkst, wachsen dort die herrlichsten Wildblumen.

Jeden Morgen pflücke ich ein paar davon und lege sie meiner Herrin auf den Tisch. Sie hat mich schon oft dafür gelobt, einmal habe ich sogar drei Tage frei bekommen. Alle Bewohner des Hauses freuen sich darüber, dass sie auf ihrem Weg in das Dorf nun solch eine Blumenpracht genießen dürfen. Und das alles dank dir und deinem Riss."

Quelle: unbekannt
nacherzählt von Peter Bödeker

~~~

„Die größte aller Schwächen ist,
zu fürchten, schwach zu
erscheinen. "

*Jacques Bénigne Bossuet, * 1627, † 1704,*
französischer Theologe, Priester und Historiker

~~~

48 Die Taube und die Ameise

An einem heißen Sommertag flog eine durstige Taube an einen kleinen, rieselnden Bach. Sie gurrte vor Verlangen, neigte ihren Kopf und tauchte den Schnabel in das klare Wasser. Hastig saugte sie den kühlen Trunk.

Doch plötzlich hielt sie inne. Sie sah, wie eine Ameise heftig mit ihren winzigen Beinchen strampelte und sich verzweifelt bemühte, wieder an Land zu paddeln.

Die Taube überlegte nicht lange, knickte einen dicken, langen Grasstängel ab und warf ihn der Ameise zu. Flink kletterte diese auf den Halm und krabbelte über die rettende Brücke an Land.

Die Taube brummelte zufrieden, schlurfte noch ein wenig Wasser und sonnte sich danach auf einem dicken, dürren Ast, den der Blitz von einem mächtigen Baum abgespalten hatte und der nahe am Bach lag.

Ein junger Bursch patschte barfüßig durch die Wiesen zum Wasser. Er trug einen geschnitzten Pfeil und Bogen. Als er die Taube erblickte, blitzten seine Augen. „Gebratene Tauben sind meine Lieblingsspeise", lachte er und spannte siegesgewiss seinen Bogen.

Erbost über dieses unerhörte Vorhaben gegen ihren gefiederten Wohltäter kroch die Ameise behände auf seinen Fuß und zwickte ihn voller Zorn.

Der Taugenichts zuckte zusammen und schlug mit seiner Hand kräftig nach dem kleinen Quälgeist. Das klatschende

Geräusch schreckte die Taube aus ihren sonnigen Träumen auf, und eilig flog sie davon.

Aus Freude, dass sie ihrem Retter danken konnte, biss die Ameise noch einmal kräftig zu und kroch dann wohlgelaunt in einen Maulwurfshügel.

*Jean de La Fontaine, * 1621, † 1695, französischer Schriftsteller*

~~~

„Man darf wohl eine Bitte abweisen, aber nimmermehr darf man einen Dank abweisen oder, was dasselbe ist, ihn kalt und konventionell annehmen. Dies beleidigt tief.“

Friedrich Wilhelm Nietzsche,
* 1844, † 1900, deutscher Philosoph

~~~

49 Desiderata – Lebensregeln von Baltimore

Die Desiderata, auch Lebensregeln von Baltimore genannt, ist eine Sammlung zum Thema „So führst du ein glückliches Leben".

Sei ruhig inmitten Lärm und Hast und bedenke, welch ein Segen in der Stille liegen kann.

Steh' auf gutem Fuß mit allen Menschen, ohne dir selbst Gewalt anzutun.

Sag' deine Wahrheit ruhig und deutlich. Höre deine Mitmenschen an. Auch sie erzählen ihre Geschichte.

Meide lärmende und aggressive Menschen, sie belasten den Geist.

Vergleichst du dich mit anderen, könntest du eitel und verbittert werden. Denn es wird immer kleinere und größere Menschen geben als dich.

Freue dich deiner eigenen Leistungen wie auch deiner Pläne. Hüte dich vor Selbstgerechtigkeit. Habe Interesse für deine Arbeit, wie niedrig sie auch sein möge; sie ist ein echter Besitz im veränderlichen Glück der Zeiten.

Verhalte dich vorsichtig bei Geschäften, denn die Welt ist voller Betrug. Aber dies soll dich nicht blind machen gegen vorhandene Rechtschaffenheit. Viele Menschen streben höheren Idealen nach, und die Welt ist voller Eiferer – sei du selbst.

Heuchle vor allem keine Zuneigung, noch sei zynisch, was die Liebe betrifft; denn bei aller Unzufriedenheit und Leere ist die Liebe ewig wie das Gras. Folg' dem Lauf der Jahre anmutig, verlang nicht nach einer Zeit, die hinter dir liegt.

Stärke die Kraft des Geistes, damit sie dich in plötzlich hereinbrechendem Unglück schütze. Aber verdrieß' dich nicht in Spukbildern. Viele Ängste werden aus Müdigkeit und Einsamkeit geboren.

Erleg' dir eine gesunde Disziplin auf, aber sei dabei lieb zu dir selbst. Du bist ein Kind des Universums, nicht weniger als die Bäume und Sterne. Du hast das Recht, hier zu sein. Und ob es dir klar ist oder nicht, das Universum entfaltet sich doch so, wie es sich entfaltet – und es ist gut so.

Habe darum Frieden mit Gott, wie du auch denkst, dass er sein möge.

Was deine Umgebungen und deine Arbeit auch sein mögen, halte Frieden mit deiner Seele in der lärmenden Verwirrung des Lebens. Trotz allem Flittergold, ihrer Düsterheit und den verflogenen Träumen, ist diese Welt doch wunderschön.

Sei behutsam. Strebe danach, glücklich zu sein!

Max Ehrmann, * 1872, † 1945, US-amerikanischer Schriftsteller und Poet

~~~

„Es gibt vielleicht auf der ganzen Welt kein anderes Mittel, ein Ding oder Wesen schön zu machen, als es zu lieben."

*Robert Edler von Musil, * 1880, † 1942, österreichischer Schriftsteller*

~~~

50 Die Kunst der kleinen Schritte

Ich bitte nicht um Wunder und Visionen, Herr, sondern um Kraft für den Alltag. Lehre mich die Kunst der kleinen Schritte. Mach mich findig und erfinderisch, um im täglichen Vielerlei meine Erkenntnisse zu notieren, von denen ich betroffen bin.

Mach mich griffsicher in der richtigen Zeiteinteilung. Schenke mir das Fingerspitzengefühl, um herauszufinden, was erstrangig und was zweitrangig ist.

Ich bitte um Kraft, dass ich nicht durch das Leben rutsche, sondern den Tagesablauf vernünftig einteile, auf Lichtblicke und Höhepunkte achte und hin und wieder Zeit finde für einen kulturellen Genuss.

Lass mich erkennen, dass Träume nicht weiterhelfen, weder über die Vergangenheit noch über die Zukunft. Hilf mir, das Nächste so gut wie möglich zu tun und die jetzige Stunde als die wichtigste zu erkennen.

Bewahre mich vor dem Glauben, es müsse im Leben alles glatt gehen. Schenke mir die Erkenntnis, dass Schwierigkeiten, Niederlagen, Misserfolge und Rückschläge eine selbstverständliche Zugabe zum Leben sind, durch die wir wachsen und reifen. Erinnere mich daran, dass das Herz oft gegen den Verstand streikt. Schick mir im rechten Augenblick einen Menschen, der den Mut hat, mir die Wahrheit zu sagen.

Ich möchte Dich und die anderen immer aussprechen lassen. Die Wahrheit sagt man sich nicht selbst, sie wird einem gesagt. Ich weiß, dass sich viele Probleme dadurch lösen, wenn ich nichts tue. Gib, dass ich warten kann.

Du weißt, wie sehr wir der Freundschaft bedürfen. Gib, dass ich diesem schönsten Geschenk des Lebens gewachsen bin. Verleihe mir die nötige Phantasie, im rechten Augenblick Güte zu zeigen. Mach aus mir einen Menschen, der einem Schiff mit Tiefgang gleicht, um auch die zu erreichen, die unten sind. Bewahre mich vor der Angst, ich könnte das Leben versäumen. Gib mir nicht, was ich mir wünsche, sondern das, was ich brauche. Lehre mich die Kunst der kleinen Schritte.

*Antoine de Saint-Exupéry, * 1900, † 1944, französischer Humanist und Schriftsteller*

~~~

„Ich will Euch mein Erfolgsgeheimnis verraten: Meine ganze Kraft ist nichts anderes als Ausdauer."

*Louis Pasteur, * 1822, † 1895, französischer Biologe und Chemiker*

~~~

51 Der unnötige Tod im Einmachglas

Auf meinem Schreibtisch steht ein Einmachglas, das meine Tochter im Kindergarten mit bunten Herzen beklebt hat. Stellt man ein Teelicht hinein, fächern die Herzen das Licht in bunte Streifen. Doch Sommerzeit ist keine Kerzenzeit. Damit das Glas nicht allzu sehr verstaubt, habe ich es einfach umgedreht. Allerdings hatte sich ein Bleistift unter den Rand des Glases gemogelt. Durch diesen Spalt nahm das Unheil seinen Lauf.

Ich stelle es mir so vor: Nachdem wir zum Wochenendausflug aufgebrochen waren, musste die Fliege durch den Spalt unter das Glas gekrochen sein. Es handelte sich um ein schönes Fliegenexemplar, mit großen, orangeroten Augen, die auch im Tod noch nichts von ihrer Strahlkraft verloren hatten. Nennen wir die Fliege Egon.

Irgendwann hatte Egon den Schreibtischboden unter dem Einmachglas ausreichend erkundet. Vielleicht schreckte ihn auch ein Geräusch hoch. Wie auch immer, er hob nach Fliegenart ganz normal ab. Da er sich aber noch unter dem Einmachglas befand, prallte er mit seinem Fliegenkopf oben an den Glasboden. Verwirrt landete er wieder auf dem Boden.

Mangels Einsichtsfähigkeit hob er wieder ab, diesmal mit mehr Schwung. Aber demselben Ergebnis. Wieder schlug er oben an, diesmal heftiger. Egon wollte es nicht wahrhaben. Immer wieder flog er gegen die Wände des Glases, mit jeder Wiederholung wurde er hektischer. Auch als seine Flügel schon schmerzten, verstärkte Egon seine Bemühungen weiter. Bis er nicht mehr konnte. Bis zum Tod.

Das Tragische daran: Den Ausgang hatte Egon immer in Sichtweite. Was veranlasste ihn, immer wieder denselben, erfolglosen Weg zu probieren? Warum meinte er, dass ein Verstärken seiner Bemühungen den Erfolg bringen würde? Warum hielt Egon nicht inne, um über das Problem zu reflektieren. Um sich des Auswegs zu erinnern oder um diesen aus der Ruhe am Boden zu erkennen?

Zum Glück sind wir Menschen klüger ...

Peter Bödeker

~~~

„Die reinste Form des Wahnsinns ist es, alles beim Alten zu lassen und gleichzeitig zu hoffen, dass sich etwas ändert.“

Albert Einstein, * 1879, † 1955, deutsch-US-amerikanischer Physiker

~~~

52 Der Ausblick

Der 50-jährige Antipasti-Händler Tobias erlitt eines schönen Frühlingsmorgens auf dem Weg zum Markt mit seinem Transporter einen schweren Unfall. Er schlug hart mit den Rippen auf das in die Fahrerkabine gedrückte Lenkrad. Die Diagnose der Ärzte: Mindestens acht Wochen strengste Bettruhe in einem Stützkorsett, das jegliches Aufrichten oder Drehen verhindert. Mit Glück würde er danach wieder gehen können.

Niedergeschlagen ließ er sich von der Schwester in ein Zwei-Bett-Zimmer schieben. Seinen Bettnachbarn an der Fensterseite, einen betagten Herrn mit ungesunder Gesichtsfarbe, grüßte er halbherzig und versank sogleich in düstere Schwermut. Apathisch starrte er auf die weiße Decke. Wie würde es mit ihm weitergehen? Würde er wieder auf dem Markt stehen können? Welche Alternativen hätte er?

Wenn er doch wenigstens eine Partnerin hätte, auf die er in dieser schweren Zeit bauen könnte. Jetzt rächte sich sein eigenbrötlerischer Lebensstil, den er seit vielen Jahren kultivierte. Hin und wieder löste sich in ihm ungewollt ein Stöhnen oder ein leises Seufzen.

Tobias war in einen dämmrigen Halbschlaf voller trüber Fantasien gefallen, als die Schwester erneut in das Krankenzimmer hereinkam. Aus dem Augenwinkel nahm er wahr, wie sie den Kopfbereich des Bettes vom Alten am Fenster elektrisch hochfuhr, so dass dieser aufrecht sitzend aus dem Fenster schauen konnte. Was dieser dort sah, konnte Tobias nicht erkennen. Sein Kopf war durch das Stützkorsett in seinem Bewegungsradius fast vollständig eingeschränkt.
Nachdem die Schwester das Zimmer wieder verlassen hatte, begann der Greis, ohne den Blick vom Fenster abzuwen-

den, zu sprechen: „Ich habe Flüssigkeit in der Lunge und werde jeden Tag für eine Stunde aufgerichtet. Das ist für mich die schönste Zeit des Tages. Möchten Sie, dass ich Ihnen schildere, was ich hier sehe?"

Tobias war es eigentlich egal. Aber der Alte schien ihm fast bedauernswerter als er selbst. So gab er mit einem knappen „gerne" sein Einverständnis.

Mit gemächlicher Stimme schilderte der betagte Herr, was er sah. Vor dem Fenster lag ein gepflegter Park mit imposanten Bäumen beträchtlichen Umfangs. „Zu viert könnten wir einige von denen nicht umfassen", staunte der Alte. In den grünen Wiesen lagen verstreut kleine Teiche und sich verspielt schlängelnde Bächlein, die alle paar Meter von fein verzierten Brücken überspannt wurden.

Tobias konnte sich anhand der enthusiastischen Schilderungen des Greises ein plastisches Bild von der Grünanlage vor dem Krankenhaus machen.

Im Laufe der Tage kamen die beiden immer tiefer ins Gespräch. So sich der Alte dazu in der Lage sah, erzählte er aus seinem Leben, von seinen Frauen, Kindern, Verfehlungen und Erfolgen. Auch Tobias kam immer mehr ins Plaudern und berichtete von seinem Tagesrhythmus sowie von den Schwierigkeiten und Freuden des Marktlebens.

Mit der Zeit wurde ihm bewusst, wie er dem Alten mehr Einblick in sein Innerstes gewährte als irgendeinem Menschen zuvor. Nach drei Wochen redete er ohne Scheu von seiner Angst, in völliger Einsamkeit alt zu werden, der Arbeit körperlich nicht mehr gewachsen zu sein oder irgendwann feststellen zu müssen, ein sinnloses Leben geführt zu haben.
Dennoch, die schönen Erlebnisse im Krankenzimmer der beiden Invaliden überwogen. Beide freuten sich jeden Tag

auf die Stunde, in welcher der Alte aufgerichtet die Geschehnisse im Park verfolgen und an Tobias berichten konnte.

Es war Frühlingsanfang und auf den Steinwegen schlenderten frisch verliebte Pärchen. Wenn zwei an einem Tage noch mit Anstandsabstand steif nebeneinander einhergingen, so konnte der Greis tags drauf schon kurze, scheinbar unbeabsichtigte Berührungen schildern. Eine Woche später sah er manch Pärchen dann Hand in Hand unter den Bäumen entlangschlendern.

Auch die Natur machte in dieser Zeit gewaltige Sprünge. Der Alte war ein scharfer Beobachter und bildgewaltiger Erzähler. Aus den Knospen bildete sich im Laufe der Tage im Park ein farbenprächtiges Reich aus frischem Birkengrün, rosa Rotbuchenblüten und weißen Magnolienblüten.

Tobias merkte, wie er sich zunehmend auf die Phase nach dem Stützkorsett freute. Seine Niedergeschlagenheit der ersten Tage hatte er völlig abgelegt.

Was er dem Alten noch nicht erzählt hatte: Sobald er wieder einigermaßen laufen kann, wird er sich als Erstes bei einer dieser Partnervermittlungen im Internet anmelden ... oder bei einem Tanzkurs oder ... Wenn es doch schon so weit wäre.

Am nächsten Morgen, Tag eins von Woche acht im Stützkorsett, erwachte Tobias in ungewohnter Frühe. Er merkte sofort, dass irgendetwas anders war. Die Stille. Der Alte pflegte in der Nacht vernehmlich zu röcheln, ein Geräusch, an das sich Tobias nach einigen Tagen gewöhnt hatte. Nun fehlte es.

Verzweifelt versuchte Tobias, den Kopf im Korsett zu drehen. Er sah nur aus den Augenwinkeln den Bettwulst des

Alten. Keinerlei Auf und Ab war zu erkennen. Er tastete nach dem Notruf und drückte den Knopf mit aller Kraft hinein.

Es dauerte gefühlt eine Stunde, bis eine Schwester zum Zimmer hereinkam. Ohne auf ihn zu achten, stürzte sie auf das Bett des Alten zu und fingerte an ihm herum. „Was ist denn los? Wie geht es ihm?", fragte Tobias, innerlich seine Hilflosigkeit verfluchend.

„Es tut mir leid, er ist gegangen. Sein Arm ist ganz kalt."

Die darauf folgende Woche lag Tobias alleine im Zimmer. Er dachte über alles nach, was der Alte und er einander erzählt hatten.

Eines Morgens, Tag 57 nach Tobias Unfall, kam sein behandelnder Arzt zur Tür hinein und befreite ihn endlich vom Stützkorsett. Sanft fuhr die Schwester sein Kopfteil hoch, so dass auch er zum ersten Mal einen Blick aus dem Fenster werfen konnte.

Er starrte auf eine hässliche Betonwand. Konnte er seinen Augen trauen? „Wa ... wa ... was ... Schwester, ich dachte hier läge ein Park vor dem Fenster."

„Wie kommen Sie denn darauf?"

Langsam dämmerte es Tobias. Er murmelte: „Der Alte hat mir davon erzählt ..."
„Ihr verstorbener Bettnachbar? Aber der ist doch seit zwei Jahren blind ..."

Quelle: unbekannt
nacherzählt von Peter Bödeker

~ ~ ~

„Menschen mit Phantasie
langweilen sich nie.“

*Jakob Boßhart, * 1862, † 1924,*
schweizerischer Erzähler

~ ~ ~

Themenindex

Ich sein	5,9,12,16,18,23,25,36,42,47,49
Innere Stärke	1,2,5,7,11,13,17,18,24,32,34,35,49
Innerer Friede	11,15,34,49
Kommunikation	8,32,37
Kreativität	1,6,8,12,26,29,32,51
Lebensfreude	1,7,9,12,19,23,24,30,39
Lebensplan	9,10,19,21,36,43,44,45,49
Loslassen (lernen)	4,10,21,24, 25,28,33,34,49
Mein Weg	3,7,9,10,16,19,21,23,27,43,44,45,46,47
Motivation	10,17,19,26,41,43,45
Mut	5,15,18,32,48
Orientierung finden	3,6,9,16,22,27,40,44
Prioritäten	3,9,10,21,24,25,27,38,44,45,50
Ruhm	10,42
Schwächen	5,8,23,26,30,42,47
Selbsterkenntnis	4,7,23
Selbstmitleid	1,5,20,30
Selbstwirksamkeit	4,23,45,47
Sicht der Dinge	1,4,7,16,20,22,23,29,32,34,35,39,42,44,49
Sinn	9,10,23,24,25,27,28,35,36,39,44,47,50
Sorgen	4,9,12,15,18,24,29,30,34,35
Stärken	17,31,41,48
Stress	1,4,15,39
Trauer	25
Verstand	6,8,51
Vertrauen	12,18,30,33,34,35
Weihnachten	17,25
Weisheit	2,9,10,12,16,21,28,29,34,35,36, 38,41,45,47,49
Werte	3,9,16,23,25,28,44,46,48
Wut	3,20,44
Zeitplanung	45,50
Ziele erreichen	6,14,19,23, 26,38,41,43,45,50,51
Zu sich stehen	5,8,16,30
Zufriedenheit	1,11,12,19,20,21,23,28,31,35,36,39,40,47,49

Meine Ziele, meine Ausreden und ich von Michael Behn und Peter Bödeker

Leserstimme

Ein Freund hat mir das Buch empfohlen, weil mehrere große Entscheidungen in meinem Leben anstanden und ich mich dabei total verzettelt habe. Was will ich eigentlich im Leben erreichen? Was sind meine Ziele und wie finde ich sie heraus?

Ich habe mir extra Urlaub genommen und ein verlängertes Wochenende nur für mich eingeplant. Und das war auch gut so. In einer entspannten und angenehmen Umgebung habe ich mich sehr schnell einlesen können. Und nach den ersten Stunden war ich meinen Lebenszielen schon sehr nahe, am zweiten Tag hatte ich sie schon priorisiert und ausformuliert und am dritten Tag schon erste Maßnahmen in die Wege geleitet.

Und dabei habe ich mich von Tag zu Tag immer besser gefühlt! Inzwischen sind schon ein paar Tage vergangen und ich bin noch dabei. Und wenn man weiß, wo man hin will, fällt einem der Weg zum Ziel auch nicht schwer! Ich kann das Buch sehr empfehlen.

Lesevergnügen und Inspiration – gratis per E-Mail seit dem Jahr 2000.

Jeden Samstag Artikel, Fabeln, Geschichten, Techniken, Übungsaufgaben und Knobeleien …

- o für inspirierende Unterhaltung am Wochenende
- o für ein stärkeres Selbstbewusstsein
- o für ein selbstbestimmtes, gesundes Leben
- o für mehr Kraft und Ausgeglichenheit
- o für Wissenserweiterung und Wortschatz
- o für bessere Selbstorganisation

Leserstimme

Im täglichen Einerlei ist man meist so auf sein Umfeld fixiert, dass man Gefahr läuft, seinen eigenen Geist zu vergessen. blueprints erinnert mich dreimal in der Woche daran, über den Teller hinaus zu schauen und zu wachsen.

Gratis abonnieren auf blueprints.de